The Years

葛亮

中信出版集团·北京

图书在版编目（CIP）数据

戏年 / 葛亮著 . -- 北京：中信出版社，（2017.8 重印）
ISBN 978-7-5086-7452-0

I. ① 戏… II. ① 葛… III . ① 中篇小说 – 小说集 – 中国 – 当代 IV . ① I247.5

中国版本图书馆 CIP 数据核字（2017）第 081474 号

本书由北京玉流文化传播有限责任公司及作家葛亮正式授权，由中信出版集团股份有限公司出版中文简体字版本。非经书面同意，不得以任何形式任意复制、转载。

戏　年

著　者：葛　亮
出版发行：中信出版集团股份有限公司
　　　　（北京市朝阳区惠新东街甲 4 号富盛大厦 2 座　邮编　100029）
承 印 者：北京鹏润伟业印刷有限公司

开　　本：880mm×1230mm　1/32　　印　张：7.75　　字　数：135 千字
版　　次：2017 年 7 月第 1 版　　　　印　次：2017 年 8 月第 2 次印刷
广告经营许可证：京朝工商广字第 8087 号
书　　号：ISBN 978–7–5086–7452–0
定　　价：48.00 元

版权所有 · 侵权必究
如有印刷、装订问题，本公司负责调换。
服务热线：400-600-8099
投稿邮箱：author@citicpub.com

目 录

自序 / I

于叔叔传 / 1

阿德与史蒂夫 / 67

老陶 / 109

戏年 / 141

附录 / 221

自 序

此戏经年

许多年前,还在读书,在江苏昆剧院看过一出《风筝误》。当时看得并不很懂,只当是才子佳人戏。主题自然是阴差阳错,古典版的《搭错车》罢了。多年后再看,却看出新的气象来,演绎的其实是理想与现实的盟姻。书生与佳人,生活在痴情爱欲的海市蜃楼里。周边的小人物,却有着清醒十足的生活洞见。

《题鹞》一折,世故的是个小书僮,对寒门才子韩世勋的风月想象给予了善意的打击,并提出了李代桃僵的社交建议。道理很简单:"如今的人,只喜势利不重孤寒,若查问了你的家世。家世贫寒,连诗的成色都要看低了的。"说白了,就是价值观。在现代人看来,几近恋爱常识。朱门柴扉,总不相当。才子却是看不到的,听后自然击节。女方也有奶娘扮演实用主义者,与大小姐讨价还价,"媒红几丈""先小人后君子"说得是理直气壮。世态炎凉,实在都是在生活的细节处。书生们总是很傻很天真。太美好的东西，是不可靠的。要想成事，还是得靠心明眼亮的身边人。他们说出粗糙的真理来，并不显得突兀。这些真理即使以喜剧的腔调表达，内质仍有些残酷，残酷得令观者对目下的生活感到失望。然而，大团圆的结局却教人安慰。因为这圆满是经历了磨砺与考验的，有人负责戏，有人负责现实。人生才由此而清晰妥帖，真实而有温度。

电影《戏梦人生》里头，有句一唱三叹的话"人生的命运啊！"这是由衷的太息。李天禄一生以艺人之姿，在布袋戏舞台上搬演他人的喜怒哀乐，可谓稳健娴熟。到了自己，唯有心随意动地游走。京戏《三岔口》在影片开首的出现，除时局的映射，或许也是贴切的人生隐喻。由日据至光复，毕生所致，一重又一重的迷梦与未知。主义或时代，大约都成为了"人"背后茫茫然的帘幕。性与死亡，虽则亦时常出人意表，却每每切肤可触。电影三分之一是他的回忆。侯孝贤是懂得他的。这"懂得"用静止与日常来表达。"片断呈现全部"决定格调必然的平实散漫。侯导对剪辑师廖庆松说，"就像顶上有块云，飘过就过了。"一百五十分钟，一百个长镜，只有一个特写。素朴到了似乎无节制的程度。《白蛇传》《三藏出世》是戏中的梦，在民间悠远地做下去。生活另有骨头在支撑。影片中重复多次的吃饭场景，那是一种

"人"的历史。电影的原声音乐。陈明章的《人生亦宛然》大概是最为切题的,恬淡自持。也有大的激荡磅礴,是唢呐的声音。说到底,还是回归:行到水穷处,坐看云起时。无关时代起落与变迁,直至影片结尾升起一缕炊烟。此去经年,往复不止。

人生如戏,戏若人生。这是根基庞大的悖论。将戏当成人生来演,"戏骨"所为,是对现实的最大致敬。而将人生过成了戏,抽离不果,则被称为"戏疯子"。《霸王别姬》里的程蝶衣,是不疯魔不成活的悲情教材。《蝴蝶君》里的宋丽伶,爱恨一如指尖风,却清醒到了令人发指。庄生晓梦,有人要醒,有人不要醒。没有信心水来土掩,醒来可能更痛。

所以大多数人,抱着清醒游离戏噱的心来过生活,把激荡宏阔留给艺术。希望两者间有分明的壁垒,然而终于还是理想。譬若文字,总带着经验的轨迹。它们多半关乎人事,或许大开大阖,或许只是一波微澜。但总是留下烙印,或深或浅,忽明忽暗。提醒的,是你的蒙昧与成长,你曾经的得到与失去。

是的,有这么一些人,不经意置身于舞台之上,是树欲静而风未止。写过一个民间艺人。他是与这时代落伍的人,谦恭自守,抱定了穷则独善其身的心。然而仍然不免被抛入历史的浪潮，粉墨登场。这登场未必体面，又因并非长袖善舞，是无天分的，结局自然惨淡至落魄。忽然又逢盛世，因为某些信念，亦没有与时俱进，又再次格格不入。在全民狂欢的聒音中，信念终至坍塌了，被时代所湮没，席卷而去。

又有一些人，活在时间的褶痕里，或因内心的强大，未改初衷。比较幸运的，可在台下做了观众。看哑剧的上演，心情或平和，或凛冽。而终于还是要散场，情绪起伏之后，总有些落寞。为戏台上的所演，或是为自己。

岁月如斯。以影像雕刻时光，离析重构之后，要的仍是永恒或者凝固。而文字的记录，是一种胶着，也算是对于记忆的某种信心。人生的过往与流徙，最终也会是一出戏。导演是时日，演员是你。

此书的付梓，需要感恩的，仍是时间。沉淀落定后，希望清澈如期而至。还有我远赴藏地的朋友，感谢你拍摄的唐卡并愿与我分享。是的，作为封面的构图，它们如此切题，而且恰如其分的美。

丙申年于香港

于 叔 叔 传

于叔叔和爸爸做了十几年的朋友。

于叔叔是个木匠师傅。

我们家里现在还有些于叔叔给我们打的家具,颜色已经很陈旧了,但是结实得很。这是相较于后来在家私城买的一些意式家具来说的。那些很贵的家具让我领会了什么叫作徒有其表。到了梅雨季节,有些抽屉就因为变形拉不开了。

于叔叔打的家具是爸爸自己设计的,记得于叔叔当时经常很有主见地说,毛工啊……"工"是工程师的简称(在爸爸的工作系统里职称是以工程师为中心词来确定的,所以就有助工、高工之说)。在科研所大院里,大家也互相尊称某工。于叔叔很聪明地入境随俗了。他说，毛工啊，这样不行，架子撑不住。这意思就是，图纸上有些地方不符合力学原理。爸爸就很好脾气地说，你有经验，你看怎么弄。

于叔叔大刀阔斧地干了一场，打了一堂在我们大院里险些引起轰动的家具。

后来家里添了一个博古架，因为空间的缘故，就要淘汰掉一件于叔叔打的家具。雇了人准备运走，为了运送方便，来的人利利索索地把家具肢解了。这样我们就看到了这件家具深藏不露的底部。上面赫然三个大字——于守元，这是于叔叔的签名。

爸爸就笑起来，说这样青史留名了，老于骨子里是个艺术家啊。妈妈也笑，说守元年轻时真是精灵得很。

看得出来，爸爸妈妈由衷地热爱着这个朋友。

我小时候是个烦人的孩子，大人们和我相互都很不屑。当然也有例外，于叔叔和我的交情，是可以算得上哥们儿级别的。

中国的头几代独生子女，是最最悲哀的，既无组织，又无个性。人格往往畸形，在家里是一览众山小，出去发现自己是井底之蛙，又一蹶不振。这样通常折腾出两种类型，一种是自闭型，心甘情愿在家做微型首脑，也不愿参与任何外交。第二种是狂傲型，蔑视权威，盲目自大，在外面跌跌撞撞而百折不挠。

我偏偏两种都不是，乖外戾内，表面上人见人爱一小孩，做出事来逼得人发疯。

于叔叔第一次看到我，我正埋头看《尼尔斯骑鹅旅行记》。于叔叔很讨好地弯下腰，说，啊，小知识分子。我迅速地向他摆了一个笑靥。妈叹了口气说，唉，你不晓得，这孩子，难搞得很。

我在第二天就对于叔叔的工作发生兴趣，在此之前我认为所有大人都是些碌碌无为的动物，所做的事情枯燥无味且缺乏创意。

所以当我看到于叔叔在木板上这么一推就推起浪花千朵，很有惊艳之感。但是为了顾及已经在这个陌生人心目中树立起的小知识分子形象，我不得不摆出些矜持的态度，我点了一下头，说，嗯，这个，有意思。于叔叔抬起头，很认真地看了看眼前这个说大人话的小毛孩，突然做了一个很疲惫的表情，大幅度地擦了脸上的汗，说，唉，叔叔累了。你来吧。

我？我对突然被委以的重任显然缺乏思想准备。于叔叔以迅雷不及掩耳之势将我抱到腿上，把着我的手摁住这个叫刨子的东西。然后很雄壮地说，来，上。说着就往前呼啦一推，顿时眼前现起惊涛拍岸。我的心中澎湃极了，当时我的念头是，原来老爸不会做的事情，我是可以做的。当然我彻底地忽略了身后这个助手在这件事上起的决定性作用，不过我承认，我和这个陌生的大人是有些相投的志趣了。

以后我仔细地研究了于叔叔的家什，心中惊叹着，一面就把劳动人民几千年来智慧的结晶都算在了这个高个儿大人的头上。看到一样我就问，叔叔，你怎么会想起来发明这个？于叔叔就大言不惭地说，因为需要嘛。然后就讲些使用的方法和原理。我似懂非懂着，心中渐渐就五体投地了。

小孩总需要偶像，我也未能免俗，于叔叔在这个时候出其不意地填补了我的信仰真空。这一点，恐怕他自己也始料未及。现在想来，于叔叔年轻的时候，外形上也的确合乎偶像的标准，高大，鲁莽。一头乱发，左耳夹着铅笔头，右耳夹着一根烟，说话时眼睛似笑非笑地看着你，实在是倜傥得很。

我和于叔叔的友情迅速升温。于叔叔的确是个仗义的人，允许我把玩他所有的工具。当我挥舞着一把刮泥子的大刀闯进厨房时，妈妈大吃一惊。妈妈缴了我的械还给于叔叔，一边说，看到了吧，这孩子其实厌得很；一边警告我，不许摸东摸西的，影响叔叔工作。我作为一个表面上的好孩子有其正直的一面，其中之一就是从来不做阳奉阴违的事情。所以妈妈走后，我就真的很老实，可是又很不甘心地围着于叔叔转悠。转了一会儿他说，毛毛，你要把叔叔转晕了。我就坐在他旁边的凳子上。他看出我的寂寞来，说，小伙子，振作点，你妈不让玩武的，咱来文。说着就拿出墨斗来，我很喜欢这个东西，在木板上一弹一条直线，奇直无比，省时省力。联想起爸爸在图纸上用尺吭哧吭哧才画出一条线来，我觉得于叔叔实在是高人，更何况我认为墨斗是他的发明之一。于叔叔找出一张报纸，用墨斗在上面弹上几弹，就弹出些纵横交错的格子。他找来些图钉，撒在上面，说，叔叔教你下棋。我恍然道，哦，我爸也会，围棋嘛。于叔叔说，哈，那是知识分子玩的，太深奥了，叔叔是粗人，叔叔教你下五子棋。我想当然地有些失望了，因为我认为爸妈做的事情都太枯燥，比这些事情更浅显的，会是什么东西呢。后来在于叔叔的循循善诱下，我就和他来了几把，谁知越来越有兴趣。这种棋规则简单，却变化多端，基本上速战速决。没有围棋里长考那些让人如坐针毡的东西。而且我居然从第三把就开始赢，自然是越战越勇。我现在当然知道于叔叔是在让着我，这叫作赏识教育，于叔叔看来是深谙儿童心理的。不像我妈，动不动就说，唉，后悔死了，毛毛你这么笨，妈妈生你前吃的补品还是太少了。而且长大后也知道了原来五子棋并非只是粗人玩的，是列入国际比赛项目的，有个正经的名字，叫五子连珠。

正玩的时候，妈妈走进来，看我安安生生地和于叔叔下棋，心里惊讶得很，对爸爸说，毛羽，你儿子和新来的师傅玩得好得很啊。爸爸沉吟了一下，说，这倒真是个奇迹了。

吃饭的时候，于叔叔原是不愿上桌的。说随便搞点拿到做工的房去吃，吃完了好干活。妈妈知道他是应了以往东家的规矩，就说，师傅，我们家不讲究这些礼数的。你来了就是客人，客人哪有不上桌的。推让了一番，于叔叔上了桌。在桌上却不自在，饭也吃不安生，是因为我。我是个熟来疯，这时候是放下了矜持，极力要和于叔叔打成一片的。不停地向他问这问那，却不十分有眼色。于叔叔碍着我父母的缘故，拘束了很多，说起话来也不利索，倒成就了一个寡言的形象。妈妈看他饭吃得也不爽气，渐渐疲于应付我了。就呵斥道，你这孩子怎么突然变得这么韶（南京方言，话多），平常人来了又不出趟子，一句也不肯多讲的。

于叔叔就赶紧插话，说毛毛这么小的年纪，倒是少有的有见识，比我们家两个小的强多了。听到这里，反而是妈妈起了好奇心，放下了客套，絮絮地询问起于叔叔两个小孩的情况,这样一来,于叔叔又是一五一十地忙着回答,这顿饭到底还是没有吃好。等妈妈觉悟了,赶紧说,师傅你吃你的,什么时候得空把孩子带来玩。

于叔叔的确有和小孩子相处的经验,他很会带小孩子玩,玩的方法又不拘一格。不过对我而言,种种玩法都新鲜得很,又仿佛都是不计成本,就地取材的。这就使玩这件事本身充满了创造性的因素。比如他说,毛毛,你去找个大扣子来。然后他就把一根线从扣子对角的两个孔穿起来,结好。然后撑住绳子的两端绕上几圈,再这么一拉,扣子就呼悠悠地转起来。这东西是运用了物理学势能和动能相互转化的原理,有些类似于西方小孩玩的 YO-YO(悠悠球)。我于是一度乐此不疲,后来妈妈发现她的呢子大衣上的扣子统统失踪,已经是很久以后的事了。再有就是妈妈为了爱惜她的缝纫机,去买过一个罩子,上面有许多塑料的气泡,是防止磕碰的,这就又埋下来一些玩的契机。于叔叔发明了一个比赛,看谁可以把上面的气泡挤得更响。往往赛事发展到噼里啪啦如火如荼的时候,妈妈会走进来。这时候于叔叔会表现得比我更加不镇定,搓着手,支支吾吾地说,呵呵,朱老师,呵呵。妈妈一转身,身后自然又是噼里啪啦地响成一片。

后来有一件事,使我和于叔叔之间产生了龃龉。现在看来这件事说不上是谁的错,说到底,也是一个时局的问题。我当时上的那间所谓重点幼儿园,有些无视国情的改良举措。其中之一就是,从中班开始上英文课。五六岁的孩子,连中国话还讲不利索,像我这样能够看小人书的,已经算是个中异数了,遑论其对于外语的兴趣。更奇的是,外语老师自己发明了规定,规定小孩子课后要在家里朗读当天的所学若干时间,还需家长签字。问题在于,当时英文在中国的普及程度远不如今日。会念了 ABC 的孩子,在爷爷奶奶面前往往就成了权威。后者又何以监督前者的学问,真是不得而知。想象一下,无非是前者摇头晃脑地念一番不知所云的洋八股了事。我们家却是个不好糊弄的例外,妈妈在中学做过六年的英文课代表,担任过学生会三年的英语小喇叭广播员。后来因为大学报了理科专业,一度认为自己是弃明投暗,深有悔意。知道我学英文,早就摩拳擦掌,喜不自胜了。每次听我朗读,自然成了展示自我才华的好机会,一再地要求我精益求精,后来发展到了需要声情并茂的程度。我有时也不服,说某读音老师就是这样读的。妈妈就很悲愤,说怎么可以误人子弟。这样下来,我课本上家长签字的含金量自然就比其他人的高了很多成。可是每每要剥夺我数小时的玩乐时间,是可忍,孰不可忍。

因为我突然沉迷于于叔叔的木匠活,再也无暇念那些外国劳什子。到了需要家长签字的时候，终于有些心虚。我就在家里转圈子，转着转着转到挥汗如雨的于叔叔跟前，突然灵机一动，说，于叔叔，妈妈不在你帮我签字吧。于叔叔就说，毛毛，这字要家长签的，叔叔不是你的家长。我就说，叔叔，你是不是大人？是。那你是不是在我们家工作、吃饭？嗯。那你就是我家长了呀。于叔叔沉吟了一下，觉得这个逻辑好像无懈可击，就接过我的课本，说，好，签什么呢？我说，就签，毛果在家朗读课文 N 遍，家长签。于叔叔立刻很警惕地问我，毛毛你到底读了没有啊。我赶紧说，读啦读啦。于叔叔很爽快，唰唰唰就把字签上了。我手捧他的墨宝，心里很失落，想在妈妈那里折腾一两个小时的事，在于叔叔这儿一两分钟就得逞了。

后来在这件事上，于叔叔就成了我的全职家长。妈妈很奇怪自己最近没有签到字。就问我怎么回事，我自然说，因为老师良心发现啦，说学习这件事全靠自觉，所以不用家长签字了。妈妈那时也是忙于琐事，就说，毛果，老师这么说，你可要自觉啊。妈妈要抽查你的。

不等妈妈抽查事情就败露了。英语老师打电话到妈妈办公室，说，毛果妈妈，毛果最近的家长签字有些问题啊。为什么上面朗读的"朗"老是写成"郎"呢，我原想是一时笔误，可最近次次如此。你们二位都

于叔叔传

是知识分子,这种低级的错误不会犯啊。我就想问问是怎么回事。

妈妈阴着脸回家,作为识时务的孩子,我很快就全招了。可是一向提倡开明教育的妈妈这次没有奉行坦白从宽的原则。恨恨地说,这么小的孩子,就学会作假,长大了怎么得了。说着把我掀翻在沙发上,手就下来了。我没有哭,只是出于本能地大声号叫。

到了四邻不宁的时候,于叔叔就出来打圆场,说,好了,朱老师,也不是什么大不了的事情。看到我的同谋,妈妈脸上就有些挂不住了,口气也硬起来,说师傅话可不能这么说,不是你自己的孩子,你当然用不着防微杜渐。说着说着,手下越发重了,好像每一巴掌都带了使命感了。我终于哭了,主要是因为沮丧,想我用人不淑啊,偶像原来是一文盲,妈的,都是给这文盲害的。

我一边哭,一边就下了破釜沉舟地搞一场恶作剧的决心。

这以后,妈妈就不太让我和于叔叔玩,自己态度上也有些淡淡的。爸爸倒是一如既往,男人,到底是豁达些。于叔叔心里也抱歉得很,只是一味地埋头工作。妈妈是有了矫枉过正的心了,我一回到家,就得跟前跟后地当着她面读一个小时的英文,再也不管这一天有没有英文课。

在悔恨交加之中，我终于在吃饭时把一枚掼炮放在了于叔叔的凳子上。掼炮是当年在男孩子中间很流行的玩意儿。但鉴于其本身的劣质以及我幼小的年龄，这东西在我们家是明令禁止的危险品。我冒家中之大不韪，公然以违禁品作为作案工具，足见我鱼死网破的决心。

于叔叔一面坐下来，一面夸赞妈妈作为知识分子难能可贵的厨艺。

"啪"，声音没有我预料中堂皇的轰然，但在我听来却自有一番悲壮，说白了就是够人吓一大跳的了。妈妈立即将投枪一样的目光射到我身上，爸爸狠狠搁下了手中的筷子。我抬起头，眼神茫然，满脑门子都是"风萧萧兮"一类的旋律。时间好像都凝固了，这时候谁给个长镜头，就知道什么叫作静止场景的艺术张力了。

突然，于叔叔爆出一声大笑，说，哈哈哈，毛毛，你说谁的屁能放得这么响，哈哈哈。这笑笑得桌上其他三个人都莫名其妙。可是就是这缺乏上下文的笑猛然间将我救了出来。这笑把生冷的局面打出了一个缺口，给了所有人的行为一个可以往下走的台阶。爸爸说，这鬼孩子，平常看上去挺老实的，怎么这么捣蛋。然后也跟着笑。妈妈的嘴角弹动了一下，接上去说，幸亏叔叔脾气好，哼哼。我的眼神变得更加茫然，好像这起事件里我成了一个被动的参与角色，是用来被原谅和饶恕的。我被宽容了，我突然意识到我作为一个小孩子是多么的无力。可是，我对于叔叔的感激在当时的确是占据了第一位的。多年后，我问起于叔叔当时的情形，他已经记不起自己说的话。我学给他听，他说，嗨，毛毛，其实叔叔平常说话哪有这么粗，叔叔是为了救你啊。叔叔书读得不多，可在老家，也算是镇上的秀才呢。

做孩子的时候，我常常想，所谓男人究竟是怎么一回事，除去外表这些先天的东西。男人究竟是一种什么样的属性，男人应该做什么或者不该做什么。而我长大后应该或者可能会成为一个什么样的男人。所以我常常会回想起于叔叔在饭桌上的笑，在那一笑里，我的很多问题多少有了些答案。

爸爸妈妈现在想起来，也都承认于叔叔实在是个性格优秀的人，所以谈起后来发生在他身上的变故，也多少认为是处境的原因。在和我们全家相处的那段时间里，我们体会到了于叔叔的个性魅力，待人的用心和勤勉的天性。于叔叔是个工作精益求精的人，常常为了一个细节反复琢磨，所以经常工作到很晚。后来爸爸说他骨子里是个艺术家也并非虚妄之辞。这种完美主义的精神对于一个工匠来说，是一件很不划算的事情。况且为了我们家庭的需要，于叔叔是很想缩短工期的。后来我们家再次装修，妈妈看到希望多得到一天工钱的工人们机关算尽地消极怠工，也会谈起于叔叔，说像守元这样厚道的人，现在真是不多了。

于叔叔的厚道在后来有了很多的证明。他如期为我们家打出了一堂在当时算得很时髦却没有落入俗套的家具，为此爸妈商量了一定要多给他一些酬劳，被于叔叔坚决地推辞了，他只是反复地说，大哥，说好的，不能改，是规矩，规矩不能改。于叔叔嘴里改了称呼，的确是对爸妈也产生了亲近。而爸妈似乎也竟有了些哥嫂的责任感。在当时信息还不算发达的情况下，像于叔叔这样的非城市暂住户口，是很需要自己去寻一些谋生的机会的。爸爸就在工作之余，时时帮他留心着，很快就有爸爸同系统的一个处长的儿子结婚，要一个木工师傅。爸爸就将于叔叔推荐了去。于叔叔非常感激，竟买了一条好烟上门来给爸爸道谢。爸爸就有些不自在，说守元你这是做什么，这么快就见外了。于叔叔有些感慨地说，大哥你不知道，做你们家的工之前，我是在城里闲了三个多月的。男人叫女人养着，心里不好受啊。我们全家都要领你这份情。爸爸就说，这是哪里的话，还是你的手艺好，自己打开了局面来。

于叔叔后来做的这家，和我们家靠得很近。于叔叔闲下了，就常会来走动，吃上一顿便饭，还会给我带来一些吃的东西。妈妈说你挣钱这么辛苦，还花什么钱。他就憨憨地笑着说，不花钱，是老家捎来的。

有天傍晚于叔叔来，一进门就喜气洋洋的。爸妈刚想问他，就听到他大声地说，大哥，我把小孩子接来啦。我们全家都受了他喜气的感染，因为这于他的确是一桩大事。于叔叔的家庭终于获了团圆，这团圆却是来之不易。于叔叔是乡镇的户口，年轻时和本地的一个姑娘谈了恋爱结了婚。那姑娘被工厂招了工，后来这工厂被收归了国有，一夜之间工厂的职工就都变了城里户口。于叔叔家里就出现了城乡分化，时日多了就生出许多问题。于叔叔是个有自尊的男人，终于也到了城里来找机会，想凭着祖传的木工手艺在城里闯出一番事业。可城里的机会却不是时时有，处处有的。于叔叔两口子靠着一份厂里的工资生活了许多时日，直到来了我们家做工。在我们家的时候，他也常常说起对小孩子的挂念，说是把孩子给爷爷奶奶带，总也不是很放心，老人家惯孙子惯得厉害。

这回是厂里有了些举措，一举解决了职工家属的户口问题，于叔叔也不再有全家分居的苦恼。妈妈谈到两个没见过面的小孩子，高兴得很，一迭声地要于叔叔晚上把他们带来，说，一定要来，告诉他们阿姨给他们做菜吃。

晚上进门的却只有于叔叔一个人，我们正奇怪着，就听于叔叔笑着说，唉，两个小的都这样没出息的，怕生得很，哪里有毛毛大方。说着就把手伸到背后去，拖出一男一女两个小孩。说，快快，叫叔叔阿姨。

妈妈看到由衷地赞道，守元，没听你讲起哦，是一儿一女一枝花啊。这两个小孩的出现的确是出人意表的，大的是儿子，叫献阳，由于于叔叔结婚早，这孩子已经十一岁了。人还很小，看上去却是个高大的少年了，很有于叔叔的影子，可又比父亲清秀了很多。女孩子叫燕子，比我大两岁，这是真正叫妈妈惊艳的。事后妈妈提起，竟说真的很少看到这样五官精致的女孩子。因了是初次上门，装束上有些隆重的意思，头上被妈妈梳了很繁复的辫子，脸上还打了些腮红。这本是一个败笔，可由于这女孩子眉目间的脱俗，就另外衬出了一分清新来。妈妈看得入神，竟说出了句很不得体的话，唉，守元，你爱人比我会生得多喽。于叔叔有些得意，又很不服地说，他们也是我的孩子呀。

这两个孩子并非于叔叔描绘的那般局促，特别因为我的存在，他们很快就有了一些宾至如归的感觉。一顿饭吃下来，竟已经是热闹得不行。只是大孩子玩得非常有分寸，凡是我们染指到的玩具，他很快就礼让出来。妈妈就拿出些其他的给他玩，他也是送到妹妹手里去，嘴里说，我大了，让给他们小孩子玩吧。妈妈心里就暗暗叹服，说难得守元养出这样品貌双全的孩子。

燕子小些，行事上自然没有这样周到，但是一派天真也很得我爸妈的喜爱。和她谈起话来，她就总是引用说，我妈妈怎么怎么说。言辞里大有崇拜的意思。妈妈这才觉出自己的失误，就怪于叔叔怎么不把爱人一起带来吃饭。于叔叔就说，算了算了，她是连熟人都不想见的。妈妈就说，她比我年轻好多吧。说着就回到房去，回来时手上拿着两条丝巾，是托朋友从上海捎来的。妈妈把其中一条扎到了燕子的颈上，另一条叫燕子收好，告诉她是送给她妈妈的。燕子十分欢喜，嘴上也甜得很，说代妈妈谢谢阿姨了。妈妈一时受了鼓舞，又回了房去，拿出一件雪花呢的大衣来，说，燕子，这个也送给你妈妈啦。

燕子这回却不作声了，脸上现出了为难的神色。妈妈以为她觉得这礼重了，心里有了压力，就轻描淡写地说，颜色鲜亮了，阿姨不好穿了。你妈妈年轻，穿正合适。燕子没有接受下来，嘴里只是说，阿姨我们有。妈妈就说，有是你们自己的，这是阿姨给的。于叔叔就说，是啊，给就拿着吧。燕子脸红了，嘴里吞吞吐吐着，突然说，阿姨，这衣服太过时了。

这话是出人意料的,妈妈就有些尴尬。回头跟爸爸说,毛羽,这小孩子也真是不会说话。这些衣服都是很新的,可颜色我这年纪是确实不能穿了,倒好像是我施舍给她的。

爸爸就说,你要往好处想这孩子,她这么说,说明她诚实。她替妈妈要下来了不穿,倒是不得罪你,你反正是不知道的。不过太太,这么多年,你衣服的款式确实是太保守了。就算为人师表,也不能墨守成规吧。

妈妈只顾着自己说下去,这么小的孩子就讲究吃穿,估计是在家里受了妈妈的影响了。

依凤阿姨的出现多少让我们家感到一些意外。她是专程来上门答谢爸妈对于叔叔的照顾的。

她的到来,打破妈妈对于叔叔一家郎才女貌的幻想。用南京话来形容,这是个长相很乡气的女子,和儿女有着很大的差别。然而她的朴素和本分,却又是实实在在,容不得人有半点非议的。依凤阿姨也并不似于叔叔所说上不得台面。说话十分得体,不枝不蔓,无非是些感激的话,但是言辞恳切,让人心底渐渐生出好感来。

说完这些,她就沉默下去,倾听丈夫和我爸妈谈话。偶尔有牵扯到她的话题,她就微笑一下。终于问到她了,她才有问必答,然后又沉默下去。

临走的时候,她说,守元,跟大哥讲,和朱老师带毛毛来我们家玩啊。她把邀请回访的权利留给自己的丈夫,表示了自己的周到和不逾矩。

于叔叔就说,是啊,现在我们家安顿下来了,你们要来玩。说定了,就下个礼拜六吧。没有好招待的,不过依凤的家常菜,还是做得很不错的。

说完就留了地址给我们。

接下来的几天,我自然是很期待。到了周末的时候,爸爸终于说,今天到守元家去看看吧。

于叔叔的家,在城南的方向,很偏,其实已经近郊了。后来这一带,发展成了南京著名的科技园区,当时已经有些高层建筑,陆陆续续地拔地而起了。

他们租住的那个单元楼,是依凤阿姨厂里分配的。其实不算很旧,和老城区的其他居民楼类似,五六层高,用混凝土灰蒙蒙地克隆出来的。但是,由于临近新起的大厦,太过气宇轩昂。高度的倾轧之下,阳光进不来,在阴影中就有了破落和飘摇的意思。

进到单元里,才发现楼道里并没有灯。单元结构又很特殊,好像住了四户人家。黑漆麻乌的,连门牌都看不见。爸爸踌躇了,终于很唐突地在楼道里喊:于守元——

有一家门就打开了，探出了于叔叔的头。依凤阿姨也迎出来。两个人竟是穿着一色的运动衫裤，这种靛蓝色上面镶着白条的棉毛运动衫，到九十年代初还一直流行着。很多人家到了秋冬，都用作在毛衣下面打底的衣服。于叔叔穿着，是很飒爽的。依凤阿姨因为身形有点矮胖，这一身未免就有些牵强。

爸爸很应景地开起玩笑，说，看你们两个这样好的，在家里都穿着情侣装。于叔叔就有些不好意思，说在家里随便，上次店里搞批发买的，很便宜。没有两个小的穿的尺码，不然一家都是这一身了。

因为光线昏暗，他们家白天还开着灯。家里的陈设十分简朴，家具不多，都是很实用且形状利落的。但一看就是于叔叔的风格。妈妈就说，守元可算为家里出了力了。于叔叔就说，其实有一件不是，你们看是哪一件。爸爸扫视了一圈，指着一个虎脚的床头柜说，是这个吧？于叔叔就叹口气说，买的，做工次得很。实在没的时间打了。临了又有些词不达意地加了句，害群之马。

房间里其实布置得很清雅，处处看得见主妇用心过的痕迹。到现在还记得，他们家的窗帘出自依凤阿姨之手，似乎是一块布不够，用了两块拼接成的，但是在接头的地方，很均匀巧妙地打上了许多折子，好像大幅的裙摆一般。这下真的天衣无缝，不但没了将就的意思，反而出其不意地有了奢华的暗示。

妈妈又看到了电视机上的罩子，竟爱不释手起来。这是用钩针拿密密的毛线钩成的。白色的底子上，开出了大朵的米色的暗花，妈妈就问哪里买的。于叔叔说，也是依凤织的。妈妈十分惊异，说原来依凤的手也这样巧，你和守元真的就该是一家人。依凤阿姨很谦虚地说，我是瞎搞，不上台面的，我们家老于倒真正是个有本事的人。又见妈妈这样喜欢，当时就要取下来让妈妈带回去。后来知道我们家的电视大了几寸，只好作罢。妈妈说，不如你得空教教我，授人以鱼，不如授人以渔。

她这样说完，于叔叔和依凤阿姨都有些茫然。

爸爸就大笑起来，说，朱老师，你又开始咬文嚼字了。

这样说了一会儿话，依凤阿姨恍然道，毛毛饿了吧？又说，两个小的，打发他们去买卤菜，到现在没回来，不晓得又去哪里野了。

正说着，燕子吵闹着就进来了。燕子看到我，似乎兴奋得很，就要拉起我去阳台上看她养的乌龟。献阳把卤菜和找回的零钱交给大人，又报了这些菜每斤的单价。看到他妈颔首，才和我们一道去玩。妈妈又称赞，说献阳真是懂事。于叔叔就说，还是老话，穷人的孩子早当家。

依凤阿姨这就走进厨房去忙。妈妈要去帮她，她赶紧拦住，说，你是客人，你快去坐。于叔叔就说，是啊，让她一个人弄，你插手她反而做得慢。

说是家常菜，依凤阿姨七七八八地搞了一大桌。她举止和缓，做起事来却很利索。我并没怎么饿，菜已经要上齐了。然而她又在厨房里说，还有一个菜，把卤菜打开，让毛毛先吃。

于叔叔打开了一个袋来，里面是大块卤得鲜红红的肉，他切下一块来塞到我嘴里，问我好不好吃。这肉香得很浓郁，似乎和我以前吃过的有很大的不同。我连连点头。于叔叔就说，是狗肉，很鲜的。

妈妈神色顿时变得很紧张。因为这种肉，是在我们家日常食谱之外的。她连忙问，干不干净啊？立刻自觉失言，赶紧又解释说，这孩子从小消化就不太好，怕他吃了又出洋相。

依凤阿姨端着菜出来，说，这卖卤菜的是老于认识的转业军人，人很本分，菜一向收拾得很干净的。小孩子也不能娇惯，要什么都能吃。

依凤阿姨的菜做得真的很好吃，有一道夫妻肺片，据说是她的拿手菜。辣是真辣，可是辣得我上了瘾，嘴就始终停不下来。依凤阿姨看我吃得实在欢喜，就说，毛毛，阿姨再多做些让你带回去吃。

我听了喜不自胜，咂了咂嘴，跟着却又惆怅起来，说，那也有吃完的时候。妈妈做的菜比阿姨的难吃多了。

妈妈脸上有些挂不住，爸爸就说，毛果你可真没良心，在家里就说妈妈做得好，现在这么不给妈妈面子。

依凤阿姨摸了摸我的头，笑着说，小孩子嘛，就是隔锅饭香。

这次到于叔叔家的造访，结果是皆大欢喜的。

妈妈回来就说，这个依凤，还真是个活泛的人。

想想又说，乡下出来的女孩子，大多机灵得很。说这是她年轻插队时得来的经验。她们做事往往是很会审时度势的。

爸就接过话去，城里女孩还不是一样，到底还是个性的问题。他又说，你当年还不是审时度势才嫁给了我的。

妈就很不以为然，毛羽，你真是越老越贫了，看人家守元，真的比你老实得多了。

后来因为要照顾工作上的方便，于叔叔在市中心租了一间房。这样离我们家就很近。他的两个孩子，原先是在厂里的子弟小学上学的。他和依凤阿姨，后来听闻那间小学校风其实很恶劣，教师队伍也是散兵游勇，军心十分涣散，甚至不如在镇上的小学。就都有些担心，怕孩子学了坏。爸爸就说，毛果那所小学倒是教学质量不错的。我来想想办法吧。

献阳和燕子就办了借读，成了我的校友。平时就和于叔叔住，周末回去一家团聚。

这时献阳已经在读毕业班。我那所小学的水平是很高的，他的功课就有些跟不上。小升初考试在即，自然是有些焦急。妈妈就自告奋勇地说，我来给献阳补课吧。

这样，到了放学的时候，献阳和燕子就和我一道回家。晚上一起吃饭，我和燕子做作业，妈妈就给献阳开小灶补习。

为了给孩子们增加营养，妈妈多订了牛奶。送牛奶的老太是个嘴很碎的人，看到家里无端地多了两个小朋友。就跟旁人说，朱老师一个大学老师，还要把学生叫到家里补家教，怎么还在乎这几个钱。后来这话传到家里来，妈妈十分不忿，说要爸爸到大院里跟同事们澄清。爸爸就说，好啦，太太，不要和她一般见识，说得我们做了好人好事还要时时抖搂出去。

第二天放学的时候，献阳就对我说，毛毛，你跟家里说，以后我和妹妹不和你回家去了。阿姨待我们这样好，我们不要别人说她的坏话。我当然不依，可是这次他们两个都是很倔强的。

我回家学给爸妈听，他们就很感动，说难为这个孩子，心里头竟时刻装着大人。他这样，我们更加不能不管了。爸爸晚上就带着我去了于叔叔那里，把献阳领回家来。于叔叔就说，孩子在你们那里，我是比在自己身边还要放心，只是实在过意不去。

他说最近接了两家的活，常常要加夜班，这个月，竟只回过一次城南的家。说着想起什么，拿出一样东西，说是依凤为你们家电视机织的罩子，最近厂里也很忙，足钩了一个月才钩好。这回让我带给你们，大哥你回去试一下，不合适给我，我拿回去让她改。

说起来，献阳和燕子，除开学习成绩，在我同校的孩子里是十分出众的。以后我们三个同出同进，情如手足。

多了一双璧人似的兄姊，我自然是得意得很，心里大有和同龄的独生子女小屁孩们划清界限之感。在学校里看见了熟人，也似乎很扬眉吐气。我的那些狐朋狗友，再见到我，就用南京话说，毛果现在变得老嘎嘎的了。

献阳说起来是老大，可是到了放学的时候，往往是我走在最前面，冲锋陷阵似的。有一回，我依然是雄赳赳地往前走，突然就被几个大孩子拦住。

我看了他们一眼,知道坏事了。

我们学校临近一所风气不太好的中学。说风气不好,也是很有传统的。这个中学有个诨名,叫作"小纰漏生产队"。小纰漏是南京的土话,大致相当于小流氓。但又有些差别,小流氓寻衅滋事,往往找些借口,让他们恶劣的言行多了委婉的一层。小纰漏用南京的土话讲,却是很"屌"的一群人。他们开门见山,就是要找你的麻烦,直来直去地动粗,带了很浓厚的绿林气。这所中学,正是将这类小纰漏批量生产出来。他们的主要业务,就是到周边小学附近收取小孩子们的零花钱,作为保护费,其实就是强抢。

非常不幸,那天我们碰到的正是这类小纰漏。

这些人做事有个特征,碰到你,往往就拿强硬的祈使句作为开场白。我就听到他们对我说,小鸡巴,拿钱出来。

南京的土话真的很粗,粗得让人脸红。其实往往没有太大恶意,只是气势凌人。不过外地人大多不这么想。当年甲B联赛南京舜天做主场的时候,南京的球迷不知道把多少客场的球队骂得羞愤不已,落花而去。

我被他们这样骂着,心虽不忿。但看看他们的身板,心想还是识时务比较好。我口袋里有几块钱,给他们就罢了。如果稍作反抗,让他们把书包翻个底朝天,今天交加餐费老师找的五十块钱就暴露了。

于叔叔传

我正在心里飞快地盘算着,就看见献阳一头朝其中一个大孩子撞过去。我还没反应过来,献阳已经和那个孩子扭打在一起。其他两个孩子似乎呆住了,愣了好一下,才上去帮自己的同伴。因为惊惶,他们下手很重,而且缺乏章法。献阳死力地抓住其中一个的衣领,另一只手用来抵挡其他两个人的拳头,于是没法还手了。我顾不得那么多,甩开书包,一头扎进去。我的原意其实是想分开他们,可是人小力薄,被一脚蹬了出来。

其中一个人不知从哪里找来块石头,朝献阳夯下去。献阳的额角渗出血来,他依然揪着先前那个人的衣领不放。三个大孩子也许没见过这种阵势,一时失措,只是急红了眼似的将更多的拳头砸下去。

燕子终于哭了,我灵机一动,朝远处大喊一声,爸——

小纰漏们条件反射般停住了手,扔下献阳,落荒而逃。献阳却一路朝他们追过去,嘴里很悲愤地骂:我操你妈!

在此之前,我从来没听到过献阳骂粗话,他在人前总是个温文尔雅的形象。甚至有时,我觉得他多少有些缺乏男子气概。可是这时候,他对着三个大孩子的背影大声骂着:我操你妈!

看到献阳伤痕累累的样子,妈妈大惊失色。急急地带他去医院包扎了,心疼地说,你这孩子,毛果口袋里就两三块钱,让他们抢去好了,你干吗要和他们拼命。这样子,我怎么跟你爸爸交代。

献阳低着头,只是不吭气。

妈妈叹了气说,这孩子的心,太实了。

献阳是很要好的,妈妈辅导得又很尽心,他的成绩就有了很大的起色。几个月过去,到了模考的时候,献阳竟考进了年级的前十名。爸爸就十分高兴,说,献阳好好考,一定可以上到重点中学。

到了填志愿的时候,爸爸就有些失望。按我们当地的政策,规定初中生是要划片入学的。就是考生只能报考户口所在那个区的中学。我们这一区在市中心,自然是重点林立的。可是于叔叔家在城南近郊的地方,并没有什么像样的中学。

爸爸后来打听了一下,原来也不是没有办法。有些重点初中,会收一部分议价生。所谓议价生,就是跨片报考的学生,但是有个代价,就是要交些所谓建设费给学校。这笔钱在当时,对一般人家也是不小的数目了。爸爸就和于叔叔商量,说小孩子的前途重要,献阳成绩不错,我们做大人的应该支持。你和依凤有困难,我和朱老师就帮你们一些。

于叔叔听了就很激昂,说,大哥你说得对,我们是不行了,小孩的将来是不能耽误的。你的钱我们不能要,我和依凤这些年来也有些积蓄,我这就回去跟她讲。

然而,周末过后,于叔叔很沮丧地回来了。依凤阿姨的回应出人意料,听说了这些事情,力主献阳回来上他们厂里的子弟中学。说毕业了可以免试上他们系统里办的技校,将来替她的班就是顺理成章的事了。

于叔叔讲,没的办法,我是怎么也说不动她。

爸妈仍然是一味地劝,这事到最后还是黯然收场。

爸爸就很感慨地说,他们是自己以前走得太不容易,想坐守江山了。其实儿孙自有儿孙福,考虑得过多过细,反而是束手束脚了。

妈妈也很惋惜:是啊,献阳这样明白的孩子,很可能有大出息的。要不咱再和他们说说。

爸爸摇了头:算了,依凤看来是铁了心了。献阳真的想成就事业,曲线救国的路也是走得通的。

妈就说爸总是折中主义,又说,这个依凤,到了关键时候怎么这样目光短浅,孩子未必就要走他们的老路。守元也是太老实,我以为他是说一不二的。谁知到头来在家里说了算的，还是依凤。

这样又过去了半年，于叔叔在城南的一个家具厂找到了临时工。这总是一份相对稳定的工作，我们全家都很为他高兴。他就把这边租的房子退了，临走的时候，都有些不舍，于叔叔说，大哥，朱老师，我走了，得空就来看你们。

然后他又把我一把抱起来，在空中甩了两甩，这是我平日里很喜欢玩的"土飞机"的游戏。这一日他却看出我是郁郁的神情，心里也有些沉重，不是很配合，终于把我放下来。

他把燕子也带走了。爸妈就说，让燕子在这小学上下去吧，跟我们一起，你尽可以放心。于叔叔说，那太麻烦你们，再说女孩子，学习好不好，也是无所谓的。就让燕子转回她原来的子弟小学去了。

以后我们和于叔叔家，还是经常地走动，大人们是循规蹈矩过下去，却眼见着小孩子们在逢年过节互相之间的探访中一天天长大起来了。

我上小五的时候，是八十年代的最后一年。

这年刚过了春节，于叔叔打电话过来，对爸爸说：大哥，现在要求你一件事哦。爸爸问是什么事，于叔叔说，想请你画一幅画。

爸爸突然来了兴致，说好啊，是过了年要挂在家里啊。那要画个喜兴的。

于叔叔说不是。爸爸问，那是因为什么事呢。

于叔叔只是乐滋滋地说，好事情，好事情。

搁下电话，妈妈也好奇地问，守元说的什么事。

爸爸想了想说，好事情。

爸爸好多年头儿没有动过画笔了。听说于叔叔今天就要过来，就让妈妈翻箱倒柜，把上好的徽墨和熟宣都找了出来。墨还没研透，他已经铺开纸来，在那里小试身手。嘴里说着，呵呵，先润润笔，等会儿帮守元画幅好的。

妈妈就一针见血地说，这么急吼吼的。我看是你自己技痒了吧。

爸爸就不好意思地笑了。

到了傍晚的时候，于叔叔来了。

于叔叔是骑着一辆三轮车来的，蹬得大汗淋漓的。这两年，因为做得辛苦，于叔叔是有些见老了，额头上起了深浅不一的纹路。但是整个人，都还是兴冲冲的样子。

三轮车上搭着一块漆得粉白的大木板，于叔叔小心翼翼地搬下来。爸爸有些愕然，就问他，守元，你这是……？

于叔叔嘿嘿一笑，又从包里取出一整盒的广告色来，说，大哥，就是要你帮我在这块板上画东西啊。

又转头对妈妈说，朱老师，我要开饭馆啦。

于叔叔说着就坐下来，跟我们讲。他原先有个东家，是个开五金店的小老板。于叔叔给他做过木工，帮他打过货架什么的。后来就有了交往。现在老板两口子年纪大了，自己做不动。女儿女婿就想接他们过去南方住。他们就打算着把这店面盘出去，又要寻个可靠的人，就想起于叔叔来了。于叔叔讲，老人家人好，租金很优惠，门面房，在Ｄ大学那里。他就报了个数目，爸爸说，是哦，这样好的市口，实在是不算贵的。

于叔叔就跟依凤阿姨商量了，说这个地段，靠着大学，开一间饭馆，做做学生娃的生意是最好的了。

爸爸妈妈连连点头称是。

原来于叔叔和依凤阿姨从过年前到现在就没闲下来

过，忙着给店里搞装修，跑营业执照。两口子心里头怀着憧憬，效率就很高。这会儿，连师傅也请好了，请的也是熟人，是于叔叔年轻当兵时在炊事班的一个战友。

于叔叔说，现在都弄妥了，就等着学生开学做起生意。缺的就是店里的一块招牌，就全拜托大哥你了。

爸爸听到可以帮于叔叔办一件实事，心里很高兴，也有些摩拳擦掌起来，问于叔叔，餐厅的名字想好没有？

于叔叔就说，想好了，是献阳想的。

献阳现在已经上了厂里的技校，用于叔叔的话来说，是家里学问最大的人了。于叔叔说，献阳建议把我的名字倒过来，取一个谐音，叫"元首餐厅"，你们觉得怎么样。

妈妈就很诚实地说，气魄是很大，但到底是个小餐厅，这样大鸣大放，总觉得有些过。

爸爸沉吟了一下，说，也不一定，我看就挺好，刚刚开业，就是要先声夺人。那些吃饭的大学生，都是些有抱负的人，这名字有些激励的意义。我看不算过。

于叔叔就拿出自己拟定的一些广告词，都是实在诚恳的话语，爸妈都觉得好。

他又说了自己的构思，说最好招牌上画个端着菜的女孩子,将这些广告词说出来,顾客就会觉得很亲切了。

爸爸就拿出纸来,唰唰几笔画出一张草图。于叔叔细细看了,很佩服。却又指着画上一处说,这个发型最好能改一改。爸爸画的是个扎着马尾的女孩子,眉眼乖得很,好像个女学生的样子。

爸爸就照着于叔叔的想法改了,于叔叔看了,很满意地笑了。我看过去,却觉得这个发型实在很奇异,头发纷乱无章地铺张开来,好久没梳理过一样。如今回忆起来,和现在所谓的泡面头很有些类似。爸爸妈妈当时也并不十分以之为然,觉得俗丽。又过了几年,满大街都是顶着这样发型的年轻女子。他们才暗赞于叔叔的先见之明,不期然地竟走在了流行的前面。

这时候天色不早,于叔叔就要告辞。爸爸知道这招牌是于叔叔急着要的,就对他说,守元,你后天过来拿。于叔叔嘴里还一味地客气,说不急不急。爸爸就说,早些画好,不合适的还可以改,总之不要耽误了开张。

第二天爸爸回家来,吃了晚饭,就开始帮于叔叔画这个招牌。爸爸做这件事,好像是带着使命感的。我和妈妈看他在那里画了又改,改了又画。有时精雕细琢地画好一处衣服的褶子,就看他摇了摇头,一大块白广告色就盖上去了。妈妈终于说,毛羽,你也不要太迂了。爸爸不理他,只管自己画下去。

半夜里我起来上厕所，他竟还在那里画。

于叔叔如约而来，看到爸爸画的招牌，脸上是又惊又喜的表情。嘴里不停地说，大哥画的，比我想象的还要好。

爸爸画得是好，最好还是好在那个女孩子的样子上。女孩子穿着碎花的围裙，湖蓝的底色，干干净净的，花纹也是最安分的图案。虽然顶着时髦的发型，因为很精致地处理过，有些灵动了，却没有了张扬的意思。她是笑容可掬的，笑得也好，很厚道，是可着你的心笑的，诚心诚意地要把你请进门去。

妈妈也说好，又说了很精辟的话概括了这个"好"。说这女孩子其实好在家常上，并不像个服务员，倒好像是家里年轻的主妇，让顾客觉得宾至如归了。

于叔叔也使劲地说好，说不出哪里好来，就很欢喜地搓着手，说大哥，大后天我们就开张了，你们一定要带毛毛来。

开张那天，我们循着于叔叔留的地址找到了他的店。这个店的市口是好，在 D 大的斜对过，再往前走，又是人来人往的交通要道北京东路。除了大学生，还有很多生意可做的。

店的门楣上是爸爸手书的四个闪亮亮的欧体大字：元首餐厅。

于叔叔和依凤阿姨等在门口，都是喜洋洋的神色。看见我们来了，赶紧对献阳说，快快，毛叔叔来了，拿炮仗去。

成串的鞭炮拿来了，于叔叔把引子交给爸爸，说大哥你来点。爸爸开始还推让，于叔叔就说，大哥你是我们家的贵人，你点，我们是要借你的手气的。

鞭炮噼里啪啦响成一片。于叔叔的餐厅正式开张了。

爸爸热烈地握住他的手，对依凤阿姨说，守元是熬出头了，自己做上老板，搞起事业了。

依凤阿姨就说，哪里哦，万里长征第一步哪。她嘴里这样说着，脸上却也是很骄傲的神色。

到了中午吃饭的时候，餐厅里已经有了不少客人。大家都说这就是所谓开门大吉了。于叔叔还在餐厅里辟了一间包房，就把我们请进去。我们刚刚落座，就看到店里请来的小妹，三三两两把一些菜端上来。于叔叔说，这次请你们来，还要请你们鉴定一下我们师傅的手艺。又对我说，毛毛，先来帮叔叔尝尝。我就撅起一筷子宫保鸡丁，很郑重地尝了尝，果然味道很好。看我连连点头，于叔叔说，既然开店，我们就老老实实地做，都要是真材实料。

又上来一盘夫妻肺片，我吃了一口，很欣喜地说，真是好吃，快赶上依凤阿姨做的了。于叔叔就哈哈大笑起来：难怪都说我们毛毛的嘴巴有准头，依凤阿姨刚刚为你下了厨房啊。

就看见依凤阿姨擦着手，喜笑颜开地进了来，说，毛毛好久没吃我做的菜了，这次阿姨还是多做了一盘，让你带回家去吃。

过了几个月，于叔叔又打电话来，爸爸问，生意怎么样了？

于叔叔就说，好啊，真是好得不得了，依凤说大哥画的招牌有仙气，招财进宝。我们师傅还发明了新的菜式，等着你们来吃。

爸爸笑了，说生意这样好，人手还够啊？

于叔叔说，平常还可以，也是忙得很。有的大学生说我们做得比他们食堂的好吃，已经开始在我们餐厅里包饭了，天天都来吃。到了周末的时候，人手就有点紧张，献阳和燕子放假就来帮忙。依凤也是，得了空就过来。她也说累死了，忙完厂里忙家里。

上次听依凤阿姨讲起过，这几年国家的政策放宽了，私营企业发达起来，国有企业的形势却日渐萧条。像她们厂里，有很多产品就积压下来，没了销路。然而还是一味生产下去，还是照样地忙，她自己都说也不知在忙些什么。

于叔叔说，我就让她辞了工作，正正经经地和我一起做，可是她死脑筋，说那是国家的饭，吃得安心。

于叔叔的生意真的是越来越好，我们去他店里看了几次，全都是顾客盈门的样子。他是难得清闲了，好不容易闲下来，就带上几个店里的炒菜，到我们家里来，来和爸爸喝酒。

爸爸就说，做生意这件事，也要悠着点，别把自己累着了，细水长流。

于叔叔的餐馆，十足地做了两年多。有一日，却忽然说是不做了。用依凤阿姨的话讲，我们家老于，不是做不下去，是实在不想做了。

于叔叔的餐馆，原本在那一带，是一个先行者。又因为做得好，有了口碑。后来就有其他的人，发现了商机。也在附近陆续地开起饮食店来。对于这些竞争对手,于叔叔原来是无所谓的。抱着有钱大家赚的想法,自己还是规规矩矩地一路做下去。

然而世上有些老话讲得是没有错的,所谓"树欲静而风不止"。由于于叔叔的店在这里是根深蒂固,有了很好的人脉,这些店发现这第一桶金是攥不成了,就在其他方面打起了主意。

于叔叔先是发现竟有人到店里来偷师。他店里有厨师自创的一道招牌菜,叫作豆泥芙蓉蛋,就是把剁得极细的土豆泥,用高汤调匀,然后用已煎好的蛋饼包裹了上锅蒸,这菜味道好,卖得又不贵,所以就成了客人们吃饭必点的一道菜。后来一天,一个顾客就讲在他们附近的一个店里也在卖这个菜了,菜名就写在外面招牌上。于叔叔很奇怪,过去看了,一看终于明白了。开店的原先是店里的一个熟客,有阵子老来的。熟了,说话也不拘了。那人吃着菜问起这菜的做法,说回家去做给小孩子吃。以于叔叔的为人,自然是很详细地教了他,自己不清楚的,还返回身去问了厨师。其中就有这一道"豆泥芙蓉蛋"。

终于有一天,厨师对于叔叔说,有附近的谁谁跟他许诺了多高的工钱,要挖他过去。他和于叔叔是老交情,是断断不会去的。于叔叔是个明白人,赶紧给他加了工资,将他安抚下去。可心里，却有些发凉了。

依凤阿姨说，还有些鸡零狗碎的。这些店，有些是学生的家长开的，就有别的学生来告诉他们内情。这些店里的用油，是用批发买来很脏的整块猪皮炼制的大油，虽然脏，但是因为是荤油，炒出来的菜味道就格外的浓和厚。他们在校门口专做盒饭生意，很能吸引学生。于叔叔店里，用的最次的也是红灯牌的菜籽油，炒出来的菜却不及他们香，无端地流失了很多客人。而街拐角一间缺德的火锅店，竟在锅底里放了罂粟壳。这和吸鸦片就是一个道理。学生吃了，自然以后是欲罢不能。

最近这些店有的又推出了什么十元三炒，十元四炒来，都是满当当的盘子菜，好像是不惜血本了。可这些菜的原料，都是去了紫金山的蔬菜批发市场搞来的，极便宜地按斤两称了下脚料的菜叶子，质量是极次的。

他们这样做，是处了心要把我们挤垮了的。我们牌子老，不怕他们。其实我们也能做，可我们做不出来。这样做学生的生意，晚上睡觉都不得安稳的。想想看，没的意思，干脆就不干了。

爸爸说这样也好，急流勇退。守元你们两个到底都是心实的人，恐怕也是搞不过这些人的。

于叔叔说，这两年也攒了些钱，人也累狠了，索性歇一歇好了。

于叔叔其实是歇不住的。

用他自己的话来说，歇下来，手脚就不知道哪里摆了。

过了一阵子，他过来跟我爸爸讲，大哥，我现在想做一件有意义的事情。爸爸看他是郑重其事，就笑着说，呵呵，守元，你以前做的事情也都很有意义。

他说，这次不同。说不定要赔钱进去的。

妈妈在旁边听了，有些焦虑，说，守元，你苦几个钱不容易，冒险的生意一定不要做。

于叔叔就笑了：朱老师，我想做的事情，跟你和大哥这样的文化人很有关系。和你们处得久，现在觉出了多读书的好处来。我这几天在我们那个区溜达，看到就没有几个正经的卖报纸的地方，都是些零零碎碎的小摊子。怎么说呢，我们那儿，好像没有什么精神文明。我就想开个像样的书报亭，就不知道搞不搞得起来。

爸爸说，这个想法好，是很有意义。我和朱老师支持你，有要我们帮忙的么。

于叔叔呵呵一笑，说，你就跟我说说你们平日喜欢看哪些报纸就好了。其实我们那里，也有好几栋楼是农业大学的宿舍楼，那些人喜欢看的，估计也和你们大差不差的。

爸爸写了几份,然后说,我们自己想看的,总归不是很全面。这样,我有个朋友在邮局,你打电话给他,请他给你一份主要报刊的目录。也可以跟他聊聊,这个人很不错的。

过几天于叔叔再来,是很兴奋的神色。说是和邮局的那个朋友谈了,竟有了意外的收获,原来邮局最近在设置全国的报刊代销网点,他们这一区因为边远,代理位置正是空缺的。他把他的想法一说,两下都是爽快人,当时就把合同签了。这就是睡觉有人递枕头了。

爸妈后来就说,于叔叔有很多值得佩服的地方。有魄力,敢想敢做,因为人又实在,就没有那么多瞻前顾后和患得患失。而他头脑里又常常有些原创性的想法,这又和他天生的禀赋有关。

现在的人,常常为铺天盖地的小广告所烦扰,从电线杆上的"老军医"到邮箱里塞满"超市打折"的宣传单张,叫你无所遁形。到了终于有媒体站出来,愤愤地斥之为"城市牛皮癣"的时候,这些小广告已经如火如荼,发展得颇具规模了。平心而论,这其中委实包含了一个非常行之有效的宣传理念。成本低廉,事半功倍,才有人会趋之若鹜。不过,似乎并没有人关心过这种营销策略的"始作俑者"。

所以,在九十年代初的当时,于叔叔提出想请爸爸帮他设计这样一张小广告,爸爸是抱着疑虑的态度的:守元,没听人搞过哦,会有用吗?

于叔叔就抓抓头说,我也是瞎琢磨的,有用没用试一试了。反正赔点小钱,总比现在没的生意做要好。

于叔叔的书报亭开了一个多月了,顾客寥寥,生意不见起色。大量的报刊被退回了邮局门市部。

爸爸就帮他设计了一帧广告。言语很简洁,无非是说明书报亭的位置,主要售卖的报刊种类。为了图文并茂,爸爸还用了版画的套色技巧,广告的背景上影影绰绰地出现了一个孜孜阅读的人。

于叔叔把这广告用 A4 纸复印了几百张,让献阳和燕子分发到附近住区用户的信箱里去。结果,第二日他就打电话来,要请爸爸吃饭。原来,效果立竿见影,当天的晚报竟卖得一张不剩。

于叔叔很受鼓舞,又大着胆子拓展了经营报刊的范围,其中当然包含我老爸的出谋划策。有天一个农大的老教授就很称赞地对他说,你们这个小书报亭,品位竟这么高,连《读书》这样的杂志都有得卖,这在市里也不好找的。又说,可惜我们年纪大的人,腿脚不怎么利落,每次过来买都很辛苦，要是能有人送到家里来就好了。我们情愿多贴一点钱。

当时因为这个区偏僻，邮局的送报业务还没有覆盖到。于叔叔也觉得这是个实在的问题，就请那老教授帮他写了一封申请信，大意是想和邮局的门市商议，由他来代理这一区的送报业务，然后收取一小部分佣金。

签了合约，广告又做出去。出人意料，当月竟然就收到三百多份订单。

于叔叔自然又喜又忧，生意来得实在顺利，可是，这样多的订户，他自己哪里应付得过来。

他就对我爸妈说，大哥，你看，本来想清清闲闲地做件事，我就是个劳碌命。爸爸也有些担心，说有了办法没有。于叔叔说，生意来了我是不会放的，依凤说了，老办法，雇人帮忙。

于叔叔当机立断了，实施起来是雷厉风行。到人才市场外头雇下了几个郊区来的小年轻，买了几辆新崭崭的二六飞鸽，作为送报的交通工具。最重要的是，还请爸爸帮他画了他们这一区的地形图，实实在在地给这些小年轻搞了个生动的业务培训。

后来，看王小帅导演的电影《十七岁的单车》，其中关于"飞达"快递公司的那些情节，我是一路笑着看过来的。

那是我再也熟悉不过的，和于叔叔当年组建"送报梯队"的种种举措如出一辙，怎么看怎么亲切。

由于于叔叔的身体力行，整支梯队渐渐训练有素，不令而行。业务蓬蓬勃勃地发展起来了。献阳这时候从技校毕业了，给于叔叔当了副手。他并没有去依凤阿姨厂里工作，因为这个厂在行业竞争中风雨飘摇，现在已经濒临破产。依凤阿姨谈起这个终究有些怅然，说儿子没接上班是计划跟不上变化。听说献阳因为当年报考的事情，内心和她产生了很大的芥蒂。于叔叔说起，她并没有后悔过自己当初的决定，只觉得自己一个小人物，是被时局左右罢了。她也仍然没有采纳于叔叔的建议辞了工过来帮他的忙。她倒是也想和别的老职工一样办个内退，然而厂里要以很低的代价买断她二十年的工龄，之后就两不管了。她始终狠不下心来，就这么一直僵持着。

这样过去了一年，于叔叔的报刊派送业务逐渐辐射到了外区的周边了。他雇下了更多的人，甚至在区中心的一幢写字楼里，租下了一个单位作为代理点的办事处，很有了蒸蒸日上的意思。由于他出色的业绩，邮政局授予他代理先进个人的称号。这样他的业务就有了一部分官办的性质，越发赢得了人们的信任。

这一区也有人试图办一些类似的报刊代销点，从信誉到实力，自然都是竞争不过于叔叔的，很多就中途放弃了。这就逐步确立了于叔叔的代理点独一无二的垄断地位。妈妈深有感触地说，守元，你这个报刊的连锁业务，实际上就是托拉斯啊。你这是报业托拉斯。

于叔叔并不清楚这个词的内涵，他很确信这是褒扬之辞。所以每每说起自己的事业，就把这个词挂在嘴边上——我的托拉斯。

于叔叔还是时常到我们家里来，给我带一些时髦的书和杂志。依凤阿姨却很少来了，每每爸妈问起，他就淡淡地说，还是那样，和厂里拖着。有一回，和他一起来的还有一个年轻女人，他说是依凤的远亲，现在做他的助手，管理日常的财务。可能是血缘的关系，这女子在眉眼上和燕子很有相似的地方。爸妈就关心起燕子来，于叔叔就叹了气说，燕子前几天又和她妈大吵了一架，吵完了母女两个就互相抱着头哭。燕子报考了一所外地的职高，通知书都拿到了。之前没有跟他们商量，依凤很恼火，说她是看不起家里的人了，就不让她走。这孩子，住了几年校，回来也不怎么和我们说话。也不知道她在想些什么。偶尔说几句话，我们也听不大懂。她的心气，怕是比她哥还要高。

爸爸听了也叹了气，说，这回不要再拦着孩子了，由他们去吧。就算走错了，至少将来不会怪你们。

于叔叔点点头,说,我也跟依凤这样讲。她就跟我哭,说她也不想这样招儿女的恨,她说她是到了更年期了,没的办法了。

依凤阿姨终于来了我们家里,是独自一人。

爸爸因为出门应酬在外,妈妈接待了她。

这许多年来,依凤阿姨一直都是老样子。虽然现在有了些家底,还保持着以往素朴的本色。她的确是个疏于修饰自己的人,然而对东西又很爱惜。无论穿什么样的衣服,总不忘在胳膊上戴上一副蓝布的套袖。用她自己的话来说,这么大年纪了,还要打扮给谁看?如果说有了变化,只是人比以往老和胖了。

这一回,我和妈妈都看出了她的不安。于叔叔不在场的时候,依凤阿姨其实是很拘束的。开始,她一味地说些客套的话,无非是"毛毛都长那么高了"。我们这年春节刚刚见过。她这样说的时候带着激赏的态度,仿佛我是在一夜之间茁壮地长成了这个样子。

后来,她终于找到了话题,说,朱老师,我上个月在厂里办了内退。

妈妈就关切地问了她的情况,又说,这样也好。和他们老磨下去也不是办法。你退下来,也可以一心一意地帮守元了。

依凤阿姨就轻声抱怨：他，我帮他，我哪块能帮得了他，他现在是人都找不见了。

妈妈笑了，守元现在也是个大忙人。

妈妈的一句话，给依凤阿姨的决心打开了一个缺口。她沉默了一下，很艰难地开了口，是，是忙，人家忙着看电影去了。

她从口袋里掏出一只皮夹，打开了，在里面翻找出两张粉红色的电影票。

朱老师，你看，"大华"的票。岁数一把的人还有闲心跑去看电影，还跑去那么老远看。她这样恨恨地说，妈妈却脸一红，有些不自在起来，想起周末还去了曙光影院和爸爸看了一场《廊桥遗梦》。

依凤阿姨是个实在的人，有主意的人。这些到底都是为了过日子，生活里也许是不要半点诗情画意的。

妈妈就说，依凤，你也要体谅他，他平常也辛苦，看个电影调节调节，对身体也好。

依凤阿姨没有听进去妈妈的话，她有些激动了，很使劲地捻着手中的电影票：两张票哎，朱老师，哪个晓得他去跟谁看的。昨天给他洗衣服翻到电影票，我问他怎么回事，他死不肯讲。现在晚上都不着家了，我看他是要作怪。我就是要他跟我两人讲清楚。我问不肯讲，不把我当回事。你让毛大哥去帮我问,我就是要他跟我两个把话讲清楚。

这时候的依凤阿姨,急躁了,和以往有礼有节的形象有了很大的差别。她意识到了自己的失态,突然收住了口。接着语气就很和缓了,说,朱老师,那我走了,他跟我两人讲个实话,我也就无所谓了。

妈妈说,好,我们帮你问。不过,依凤,你应该放宽心,守元是个老实人。

临走的时候,依凤阿姨还是愤愤地抛下了一句话,朱老师,你不知道,这几年,他变的了。

晚上爸爸回来,妈妈就对他说了。两个人商量了一下,最后就说,问还是要问,但要问得艺术和策略一点,不要伤了于叔叔的自尊心。

于叔叔再来了,爸爸就旁敲侧击地问了他这件事。

谁知还没说完,于叔叔自己大大方方地把话头接过来,说,我就知道她要跟你们闹。真不嫌丢人。又说,那天献阳和他女朋友看电影,天冷,把我衣服拿去穿。票就留在里面了。

他们父子俩的身材确实差不多,这从道理上讲是很说得通的。

爸爸妈妈于是豁然和释然了。

妈妈就打电话给依凤阿姨,如此这般帮于叔叔解释了一番,说,依凤,我就叫你不用担心,你看,话说开了不就好了。

哪晓得依凤阿姨在电话那头冷笑了:我就晓得他不会认账,他原先也跟我这样讲。朱老师,谢谢你,这下我更晓得他是什么人了。

妈妈忽然明白,依凤阿姨设计了一个小小的圈套,于叔叔原先也并不是如她所言"死不肯讲"。

妈妈就有些郁闷,多少感到自己被利用了。她就跟爸爸说,这个依凤也是,明明知道他不认账,还要让我们去问。

爸爸说,这样你就不要再管了,清官难断家务事。

过了几天,依凤阿姨又来了。

她说起话来,比上次自如得多了,因为有了底气。她说,她找到了证据。

她说,她在抽屉里翻出了一张发票,日期是上个星期的。买的是一套雅芳的化妆品,五百块钱。

依凤阿姨就给出一个设问句:你们说,他是给谁买的?

妈妈小心地说,是不是给你买的?给你一个惊喜?

这后半句话,妈妈虽然是出于好心,未免也有些自作聪

于叔叔传

明了。

她就很怅然地说，给我买？我都搽了几十年的"百雀灵"了，也没见他给我买。我哪想要什么惊喜，能让我过两天安心日子就不错了。

妈妈就很泄气：那你说，他会是给谁买的？

这时候，依凤阿姨眼里已经收敛下去的光芒倏地亮起来：现在不知道，以后自然会知道。

以后，依凤阿姨似乎不断地发现了新的证据。先是在于叔叔的钥匙扣上发现了一把她不认识的钥匙，后来，她"偶然"地去了于叔叔的办事处，竟在里面的房间看见了一双女式的拖鞋。情形似乎明晰了。然而这些，于叔叔却都有很充分的理由可以搪塞过去，她先前的猜疑，就不着边际起来。在她动摇的时候，为了增加自己的信心，就会把这些讲给我爸妈听，寻求心理上的支持。

爸爸妈妈终于说，守元是不是真的有些问题。

这时候依凤阿姨的态度就斩钉截铁起来：他岂止是有问题。

有一度，依凤阿姨是天天晚上要上我们家来了，这对我们家平静的日常生活多少是有了影响。她按门铃的声音，也是理直气壮的。我从门镜里看到她，就有些惊惶，向里面喊,爸妈,依凤阿姨又来了。

她来了,依然是说她找到的证据,说得似乎很翔实,有些事无巨细的意思。然而,有时说到所谓老于的最新动向,却是昨天甚至前天已经说过的了。她已经全然不记得了。

终于有一天,依凤阿姨来的时候,脸上的表情十分凝重。

她进了门来,简洁地打了招呼,就从包里掏出一个牛皮纸信封,对我爸说,毛大哥,你们看,这回他是赖不掉了。

爸爸问是什么。依凤阿姨说,照片。她说,她给了于叔叔手下的一个小工五百块钱,叫他晚上跟踪了于叔叔。

妈妈就很惊诧,说,依凤,都是一家人,何苦搞成这样。

依凤阿姨镇定地说,你们先看看照片吧。

照片只有两张,背景都是在一个灯红酒绿的地方。拍得并不专业,模模糊糊的,似乎按下快门的时候手有些抖动。但是仍然可以看得出是正在跳舞的一男一女。也依稀可以辨认得出,那个男的是于叔叔,女的也眼熟,好像是见过的。

依凤阿姨很不屑地说,人家都说兔子不吃窝边草,他倒是好，丧尽天良，和我们家亲侄女搞起来了。

我们于是恍然了。

这个女人离过婚，有几个离婚的人是正正经经的。依凤阿姨很武断地下了评语，然而又自责起来，我这是引狼入室，你们说，我这不是犯贱吗？

爸妈就让她先冷静下来，说事情还要先调查清楚。

依凤阿姨脸色沉下来，还要再调查么？铁证如山。他的人生观根本就是有问题。妈妈心里又是一震，想依凤这一回话说得倒真是掷地有声。

舞厅是什么地方。那个地方，就是要让人灵魂扭曲的啊。依凤阿姨说这话的时候是个凛然的表情，对事不对人的。

爸妈看她自己的认识已经很深刻了，也不想做些无谓的劝解。只好说，看来是要跟守元谈谈了。

于叔叔接到电话，说，大哥，她这样三番五次地折腾你们，我都脸红，真是对不起了。要谈是可以，不过我不要当着她的面，我一个人跟你们谈。

爸爸终于有些疲惫了，说这夫妻两个，到底要搞些什么哦。

于叔叔来了，是不卑不亢的态度，甚至言辞里表现出一些气节。他时而表示出羞愧来,却不是因为自己的作为,而是为了依凤阿姨所谓的无理取闹,让他这个做丈夫的无地自容。

依凤阿姨的猜忌和证据都在他那里得到了落实,然而却又是截然不同的性质。他说小任是依凤的侄女,因为刚离了婚,心情不好。他是带她出去玩过,也是尽了做姑父的本分。他是家里的男人,没有义务要把自己的行踪桩桩件件向老婆报告。还有这种人,吃自己侄女的飞醋。我就算要带她跳舞看电影,她自己是去都不想去的。

他又说,至于化妆品。是因为小任帮了他不小的忙,争取到了外区好大一片订户。他要给她奖金,她不收,所以就换了个形式,算是给她的业务奖励。他说他给依凤阿姨买东西,每次都要下很大的决心,买不好就要吃苦头,花钱找气受。"上次给她买了件两千块的羊绒大衣,她把我骂得狗血喷头,说我钱还没挣到就开始败家。你们说,我是这种人么。她要寒寒碜碜地过下去,那还要挣钱做什么。"

临走的时候,于叔叔很诚恳地检讨了自己,都是些入情入理的话,而又似是而非。然后又很宽容地说,都老夫老妻了,我回去给依凤赔个不是。她不就是要我给她服个软么,我就给她服个软。

爸妈终于都有些迷惑。他们夫妻两个,道理讲得比我们都懂,那还要找我们做什么。

爸爸说,算了,反正已经过去了。

事情却并没有过去。也许是避重就轻,于叔叔上次没有提到那把钥匙的事情。而他也并不知道,依凤阿姨私下里将这把钥匙又配了一把。

那天晚上,她打开小任宿舍的房门,其实已经对她所看到的做足了思想准备,甚至已经在心里设计好了自己的表现。总之,一切都不算是意外,她只是验证和实施了自己的设想。捉奸这个词,在内涵上讲也并非磊落,其实带有了自虐的性质。

依凤阿姨再来到我们家,是相当痛苦的。这是作为一个"明白人"的苦痛,血淋淋的,没有一丝讨价还价的余地。

"我也不想看,可还是看见了。"依凤阿姨的身体抖动着,鼻翼翕张,是个努力把持自己的样子。妈妈给她倒了一杯热水,说,依凤,喝点水再讲。依凤阿姨接过水,狠狠地喝下一口去,抬起头来,似乎情绪悬崖勒马了。然而,终究泪水还是沿着脸颊滚滚地落下来。

朱老师,你说说看,这些年,我们苦这两个钱还容易。你和大哥是看着我们一步步走过来的。他现在自己要毁自己。我们乡下有句老话,你们听了不要笑:要想往上爬,管住嘴巴和鸡巴。

这句话说得突兀,很粗鄙,话糙理却不糙。爸妈哪里笑得出,除了咋舌外,都听出了依凤阿姨辛酸的意思。

他自己不要脸。献阳又不争气,跟他老子串通一气,帮着说谎。找了个女朋友也是穿裙子露大腿的鬼样子。这是上梁不正下梁歪。

我在家里还能管住哪个,原来燕子贴心,能和我讲几句话,现在也走了。依凤阿姨深深地叹息了。我们这时候意识到,她在家里的地位是很孤立了,而燕子对于她的态度,其实和她的描述也有着出入。燕子走的时候,来向我父母道别。她说了很坚硬的话,说,叔叔阿姨,我会记得你们的好。我走了就不打算回家来了。我妈毁了我哥,又想要毁我,我是不想再回这个家了。

依凤阿姨顿了顿又说,燕子走了也好。不走不晓得又要出什么故事。有一回他喝醉了酒,看自家女儿的眼神都不对头了。

妈妈忙说,这话不好乱讲的。依凤阿姨就冷冷地笑了,朱老师,人家说家丑不外扬,我马依凤是个要脸的人。你以为我想讲?有些更丑的,我是实在不好意思讲出来了。

这时候门铃又响起来,进来的竟然是于叔叔。

于叔叔径直朝依凤阿姨走过去,拉起她的胳膊就往门口拖,动作很粗暴,嘴里说,你给我走,丢人丢得还不够么。

依凤阿姨又哽咽了,说,大哥,你看,他在家里就跟我两人这样动手。

爸爸喝止住了于叔叔:守元,你给我坐下,有什么话不能好好讲。

于叔叔坐下来,是心灰意冷的模样。

依凤阿姨说,好,于守元,你现在当着大哥的面,你跟我讲,你还想不想过了?

于叔叔啜嚅着,终于说,我那天是喝醉了酒。

依凤阿姨冷笑着打断了他,掏出一个小本子。好,于守元,你那天是喝醉了酒,酒能乱性啊是吧。那我问你,八月十三号晚上七点到九点你在哪块?十五号晚上十点到十一点你在哪块?还有,二十一号,上个星期六晚上九点到十二点你又在哪块?……

依凤阿姨竟是好像如数家珍了,脸上有了亢奋的神情。我们一家三口目瞪口呆地看着她。

于叔叔呼啦一下站起身来。嘴里很低沉地说,马依凤,你不要把人往绝路上逼。

我逼你?我逼你到外面跟人淫乱了么?这话是口不择

言了。

于叔叔很惊慌地掩住了她的嘴,说,你给我回去,这是大哥家里,你到底要怎样?

依凤阿姨笑得有些歇斯底里,呵呵,你现在知道要脸了。

于叔叔说,好,我不要脸,我不要脸到底了。今天当着大哥的面,我跟你讲,我就不要跟你过了。这么多年,我过过一天安稳日子么,二十几年,你整天为了一点点钱的事情跟我没的命地吵。我回过你一句嘴没有。我跟小任好,不是别的,我跟她一起,就觉得自己还是个男人。

于叔叔说这些时,眼里头有了泪光。

于叔叔和依凤阿姨分居了。于叔叔搬出去,住到他那个代理处去了。

于叔叔还是上我们家来,照样还是兴头头的样子,好像什么也没发生过。

依凤阿姨,是很久都没有见到了。

有一天,突然接到了依凤阿姨的电话,电话里是很焦急的声音,说献阳出事了。

原来,献阳去找他一个部队的朋友玩,跟人家进了军区训练场。为了好玩,偷了人家几枚教练弹。他并不知道这件事的严重后果,是触犯了刑律。

依凤阿姨说,小孩现在还在马群的拘留所里,不晓得是死是活。

爸爸赶紧托了关系,请了人,过了两天,总算把献阳保释出来了。

一个星期的时间,献阳似乎饱受了折磨。见到我们的时候,他是一副漠然的神气,英俊的脸上布满了伤痕,有些血丝凝固着还没有洗净。肘部竟然不能弯曲了。据说,是在拘留所被所谓的狱霸打得骨折。这时候是气温最低的隆冬。献阳外面裹了一件军大衣,里面只有一套内衣裤。衣服也被与他同监的人抢了个干净。

依凤阿姨很心疼地拭着泪。

这时候,于叔叔急急忙忙地赶了来。看到他,依凤阿姨终于放着声哭出来了:你,你是连儿子都不想管了。

哭完了,她依然是六神无主的样子。于叔叔愣了愣,终于拉过她的手,将她揽进怀里。依凤阿姨受惊一样,狠力地将丈夫推开。嘴里硬生生地说,你走,我们不要你可怜。我们越是孤儿寡母,我们越是有骨气,你给我走。

一年以后,谈起哥哥的死,燕子很有洞见地说,他是被两个老的害的。

我还清晰地记得那天的情形。凌晨的时候,献阳闯到我们家里,给我爸妈跪下了。他沙着喉咙说,叔叔阿姨,献阳见你们最后一面了,说完转身就走了。

那个叫小任的女人也没有料到,自己轻巧巧的一句谎言会惹来杀身之祸。她打了电话给依凤阿姨,说,娘娘,我怀上了姑父的孩子,这一生下来,真的就不晓得该叫你什么好了。不生也可以,你和姑父辛苦了这几年,十万块钱总是有的。

依凤阿姨拿不出这十万块。然而她很清楚这孩子生下来,她在老家就什么脸也没有了。她去找了小任,好言好语地商量,被骂了回来。她回来,只是一味地哭。哭到后来,终于没有了主张,硬着头皮和于叔叔讲。于叔叔听了苦笑道,你不是很有本事么,现在你让我怎么办。我做的事我来承担,由她生下来好了,我来养。依凤阿姨只有继续哭下去。献阳狠狠地说,哭有鸟用,我们一家子还搞不过这个女人了。

他找到了小任住的地方,小任似乎是没有商量的余地了。她一径地说着一些很不堪的话,献阳终于红了眼,捏了拳头,走近了一步。这女人也有些惊惶,往后退了退,说你要干什么,想害我肚子里的孩子么。献阳干涩地笑了,害这孩子,不如一了百了。他扑上去,掐住了女人的颈子,顷刻结果了她。

从我家里出来,献阳就去自首了。警方问他的作案动机,他说,他并不后悔,他看这个家在走下坡路,被人耻笑,他不想这个家继续滑下去。

尸检报告出来,小任并没有怀孕。知道了这个消息,依凤阿姨昏死过去。

献阳行刑那天,天上下了清冷的雨。

于叔叔去领儿子的骨灰,出了车祸。依凤阿姨说,这是"老天有眼"。

在病房里,当着于叔叔的面,依凤阿姨平静地对妈妈说,朱老师,这是老天有眼。

车祸发生得很蹊跷。一辆摩托车突然间失去了控制,斜插到人行道上,撞倒了于叔叔。刹车的时候,摩托车手飞了出去,当场身亡。而摩托车这时候,还实实在在地压在于叔叔的小腿上。

胫骨粉碎性骨折。医生说,想要完全恢复没的可能了。依凤阿姨说这些时,脸上并没有戚然的表情,她只是神态平静地说:他的下半辈子,我来养。

一个月后,于叔叔拆了石膏,能下地了,却不能平稳地走路。他已经跛了。

燕子说,她爸拖着那只跛脚,在病房里来回走了一夜。早上看到他时,人瘫软在地上,用手捶着自己的腿。

我们去家里看他,他脸冲着墙躺在床上。听到我们的声音,转过头来,目光是空的。他沉默了好久,突然抬头望了眼天花板,苦笑了:大哥,是老天有眼,依凤现在算是原谅我了。他嘴巴动了动,又想说什么,但终究没有说。

依凤阿姨做了主,解散了"送报梯队",代理点也转让给了别人。她说,这个钱,我们是再也不要挣了。她自己明白,这其中,是有了因噎废食的性质。终于很哀苦地说,庙小妖风大,现在什么也没的了,轻省了。

那间书报亭还留着。

于叔叔终日坐在里面。

我们去看他的时候,他就这样静寂地坐着。这时候依凤阿姨过来送中午饭。于叔叔打开饭盒要吃,她却很急躁地打断了他,递上去一块湿毛巾,让他先擦了手。她依然是素朴的,却不复当年那个敦实清爽的样子,轮廓有些松垮下去。言谈举止也很邋遢了。她很坦诚地说,以前和我们一家相处的时候,还碍着面子,其实是处于"拿着"的状态,现在面子是早就没的了,索性放开了手脚去。

问起他们现在的生活,两个人的说法倒是一致,只是说,混吧。

这样又过了几年。

有一日,接到于叔叔的电话。爸爸问起来,他说,是家里有了好事情。

他们家里,似乎是很久没有"好事情"了。

于叔叔说,燕子毕了业留在无锡工作。今年初结了婚。男方家里人很好,说是一定要在南京再为她摆一桌酒。燕子自己其实并不想,对方却执意要尽了礼数。

于叔叔说,想请你们全家来喝酒。

爸爸很高兴地说,好啊,恭喜你,守元。这个酒,是一定要喝的。

于叔叔停了停,说,还有一件事情,大哥,你来了,能不能就说是燕子的大伯,坐在女方的主位。你帮我们跟男孩儿家里敬敬酒,我和依凤这个样子,就不说话了。他支吾了一下,又说,男孩家里是无锡的一个处长,我和依凤怕是压不住。

爸爸联想到之前的种种,突然有些明白了,说,你让燕子过来,我跟她说话。这个孩子,怎么能这样,怎么说都是自己的父母。

于叔叔很着急地辩解了:不不,这是我跟她妈的意思。我们，我们也不想燕子过了门被人看轻，那她往后就更难做了。

爸爸答应下来了。

这桌酒摆得很热闹。

男方家里，都是很周到的人，说起话来，带着谦恭的吴音。由于我爸爸是名义上的家长，他们纷纷过来敬酒。因为礼节的缘故，又是需要回敬的。爸爸不是个善饮的人。酒过三巡，人已经有些摇摇欲坠了。爸爸终于说，守元，快来，帮我抵挡一下。

于叔叔坐在我身边，脸上始终挂着欣喜的神色。听到爸爸这样讲，就斟上一杯酒，站起身来。他端着酒杯走了两步，走得急了，就有了一个趔趄。一些酒洒了出来，弄到了身上。他急忙着拿起桌上的纸巾擦，擦着擦着，脸上现出了颓唐的表情，终于又静默地坐下去了。

阿德与史蒂夫

刚到香港的时候，我住在一幢唐楼里，住在顶楼。在西区这样老旧的小区里，楼房被划分为唐楼与洋楼。而不同之处在于，前者是没有电梯的。我住在顶楼七楼。换句话说，楼上即是楼顶，楼顶有一个潮湿的洗衣房和房东的动植物园。

动植物园里风景独好，除去镇守门外的两条恶狗。房东是个潮州人，很风雅地种上了龟背竹，甚至砌了水池养了两尾锦鲤，自然也就慈悲地养活了昼伏夜出的蚊子。

有了这样的生态，夜里万籁齐鸣就不奇怪了。狗百无聊赖，相互撕咬一下，磨磨牙当作消遣。蚊子嗡嗡嘤嘤，时间一长，习惯了也可以忽略不计。房东精明得不含糊，将一套三居室隔了又隔。我这间隔壁，给他隔出了一间储藏室。一个月后，有天听到有声响。出来一个中年人，有众多印度人黧黑的肤色和硕大的眼睛。中年人是医学院的博士。博士握了我的手，说以后我们就是邻居了。博士败了顶，是个孱弱谦和的样子，眼睛里有些怨艾的光芒。当天晚上，储藏室里就发出激烈的声响，我再不谙世事，男欢女爱的动静还是懂的。这一夜隔壁打起了持久战，我也跟着消停不了。安静下来的时候，已是东方既白。清晨起来博士又是温柔有礼，目光一如既往的忧愁。而到了当天晚上，又是判若两人。日复一日，隔壁总是传来饥渴的做爱的声音，雄狮一样的。他总是换不同的女人。这对一个适龄男青年的正常睡眠，是莫大的考验。

在一个忍无可忍的夜晚。我终于夺门而出。在皇后大道上兜兜转转。穿过蚊虫齐飞的街市。在太平洋酒店，我看到了远处的灯塔的光芒被轩昂的玻璃幕墙反射了。汽笛也响起来，那里是海。香港的海与夜，维多利亚港口，有阔大的宁静，近在咫尺。我想一想，向海的方向走过去。

穿过德辅道，有一座天桥。上面躺着一个流浪汉。后来我才知道，他是长年躺在那里。他远远看见我，眼皮抬一抬,将身体转过去。像要调整一个舒服的姿势,又沉沉地睡了。

下了桥,有腥咸的风吹过来。我知道,已经很近海。再向前走。是一个体育场。我只是一味向海的方向走。也许我是不习惯香港天空的逼狭的。海的阔大是如此吸引我。越过篮球场,走到尽头,巨大的铁丝网却将海阻隔了。我回到篮球场,在长椅上坐下。旁边的位置上坐着几个女人,很快人多起来,是些年轻人在夜里的聚会。这里顿时成了一个热闹的所在。一个姑娘快活地唱起来。但是,他们还是走了,回复了宁静。看见远处的景致,被铁丝网眼筛成了一些黯淡的碎片。我觉得有些倦,在长椅上仰躺下去。

远远走过来一个影子,是一条狗。很大,但是步态蹒跚。后面跟着两个人,走到光线底下,是个敦实的青年。穿着汗背心。还有个中年人,则是赤着膊,喜剧般地腆着肚子。青年沿着塑胶跑道跑上一圈,活动开了,在场上打起篮球。中年人站在篮球架底下,抽起一根烟。抽完了,和青年人一块打。两个人的技术都不错,不过打得有些松散。谈不上拼抢,象征性地阻攻,是例行公事的。突然两个人撞上了。中年人夸张地躺倒在地。拍一下肚子,嘴里大声地骂了句什么,青年人一边笑,一边将球砸过去,中年人翻一下身,躲开了。两个人就一起朗声大笑,我听不懂他们说什么，只能听出他们是很快乐的。

那条狗很无聊地走来走去，没留神已经到了我跟前，汪汪地大叫。我并不怕狗。和它对视，我在它眼睛里看到了怯懦，还有衰老。那里积聚了一些眼屎。我伸出手摸一下它硕大的头，它后退了一下，不叫了。龇了一下牙，却又近了些，蹭了蹭我的腿。我将手插进它颈间的毛。它并非前倨后恭，而是知道，我对它是没有敌意的。

这时候，青年远远地跑过来，嘴里大声地喊，史蒂夫。听得出，是呵斥的意思。大狗缩了一下脖子，转头看一下他，又看一下我，转过身去。青年在它屁股上拍一记，上了狗链。然后对我说，对不起。没事吧？我说，没事，它叫史蒂夫？他眼睛亮一下，说，哈，你说普通话的。他的普通话很流利，说，这狗的种是鲍马龙史蒂夫，我就叫它史蒂夫。它太大，常常吓到人，看得出，你懂狗的。我说，我养过一头苏牧。大狗的胆子，反而小。青年说，我叫阿德，你呢。我说，我叫毛果。

阿德说，毛果，过来和我们打球吧。

这是我与阿德言简意赅的相识。还有史蒂夫。

阿德的球打得很好。但是有些鲁和莽，没什么章法。而我，却不喜欢和人冲撞。往往看到他要上篮，我就罢手了。

阿德就说，毛果，你不要让我。这样没什么意思。我就和他一道疯玩起来。

中年人这时候，坐在地上，斜斜地叼着一根烟，没有点燃，看着我们打。

打到身上的汗有些发黏的时候，中年人站起身来，大声说了句什么。我算粗通了一些广东话，听出说的是"开工"两个字。阿德停了手，说，毛果，我走先了。

我其实有些奇怪，这样晚，还开什么工。不过我也有些了解香港人的时间观念了，一分钟掰成八瓣使，只争朝夕。

阿德牵上史蒂夫，说，我夜夜都在这里打球，你来就看到我了。然后抱一抱拳，说，后会有期。

我笑了。阿德也笑了。笑的时候露出两颗虎牙。

我回到房间，冲了个凉，隔壁的储藏室已经没什么声响了。博士结束了折腾，我躺在床上，闭上眼睛，看到史蒂夫硕大的头，旁边一只手拍了一下它。然后是阿德的声音，走吧，史蒂夫。

和阿德再次见面是在一个星期后。仍然是暗沉沉的夜里。四面的射灯将球场照成了酱色，阿德一个人在打球。角落的长凳上一些菲佣在聊家常。史蒂夫和一头圣伯纳犬互相

阿德与史蒂夫

嗅嗅鼻子。史蒂夫为表示友好，舔了一下圣伯纳，圣伯纳不领情，警戒地后退一步，狂吠起来。

史蒂夫横着身体逃开了几步，看见我，飞快地跑过来，蹭蹭我的腿。冲着阿德的方向叫了一声。

阿德对我挥挥手，将篮球掷向我。我向前几步，远远地投了个三分。球在篮板上弹了一下，阿德跃起，补篮，进了。我们抬起右手，击了下掌。远处有菲律宾姑娘吹起了响亮的口哨，为这一瞬的默契。

我们默不作声地玩了一会儿，灯光底下，纤长的影在地上纵横跃动。史蒂夫兴奋地跟前跟后，捕捉那些影子。最后徒劳地摇摇尾巴，走开去。

阿德的体力是好过我的。他看出我有些气喘的时候，停下来，说，投下投下（广东话，休息的意思）。我去自动售卖机买可乐。回来，看到阿德坐在长凳上，点起一支烟。球场上有些风，阿德转过身，避过风口，点燃了。眉头皱一皱，是个凝重的表情。阿德没有接我手中的可乐，将手指在烟盒上弹一弹。取出一根，就着自己的烟点燃了，递给我。

我抽了一口，有些呛，咳起来。

阿德笑了，看你拿烟的手势，就知道不惯抽的。我原来也不抽，现在抽了，解乏。

这烟还好，不怎么伤肺。阿德对我扬一扬烟盒，是"箭"。

毛果，你是来香港读大学的吧。我点点头。

阿德抽了一口烟，说，真好。

我说，阿德，你的普通话说得很好。

阿德停一停，说，我也是大陆过来的。

阿德说，我老家是荔浦，广西荔浦，你知道吧？

我说，我知道，荔浦的芋头很有名。全国人民都知道。

阿德笑了。对，我阿奶在后山种了很多芋头，芋头是个好东西。吃一个就够饱肚了。

阿德沉默了一会儿，看看表。说，我该走了，开工了。

他牵起史蒂夫，远远地走了，有些外八字，走得摇摇晃晃的。

以后，阿德很少谈到自己。事实上，我们的交谈很少。见了面，也是打球。打累了，抽根烟，闲聊几句。也是一根烟的工夫。阿德有时会问些我的情况，我答他，他就专注地听。有时，会感到他的钦羡。因为他会说，真好。眼睛里会有些光芒。阿德算是个寡言的人，"真好"对于他，是个很重的词汇了。有时我觉得阿德说了"真好",就是一个话题的句点。他仍然很少谈到他自己。

有一天,阿德看着海,遥遥地指着西北方,说,毛果,我们老家就在那里。
我说,你很久没回去了么?
阿德说,没什么好看的,回去也没什么了。
阿德说这句话的时候,很冷漠。阿德平时是寡言的,但并不冷漠。

阿德抽完一支烟,开工去了。
史蒂夫今天没有顺顺当当地跟他走,回头看一眼,又看一眼。

当我发现掉在地上的皮夹,阿德已经走远了。
皮夹里并没有银行卡之类的东西,只有一些零钱和一枚钥匙。
还嵌着一张证件照,已经泛黄了。照片上是个女人,样子上了年纪,看得出年轻时候是漂亮的。
另外里面有张硬纸的卡片。上面写着一个海鲜干货店的地址,不远,在皇后大道上。

我想，没准在那里可以找到阿德。

这时候已近午夜，海鲜一条街上的店铺大都关了门，弥漫着腥咸与猛烈的保鲜剂的气味。偶尔有几间虚掩着，铁栅底下影影绰绰地透出些灯光。我循着地址一路寻过去。有间门面不大的铺头，门口停着一辆小货车。

一个男人从车里出来，我看着眼熟，想起是那次和阿德一起来的中年男子。男人提了提吊在肚皮上的裤子，看到我，懈怠的眼睛睁大了些。我说，阿叔，我找阿德。男人的目光明显地戒备了，他问我，什么事？

我掏出皮夹，说，我把这个还给阿德。

男人接过皮夹，翻开看了看。说，丢，呢个衰仔咁大头虾。

男人说，你给我吧，我交给他。你走吧。

他这个态度，我多少有些不悦，不过也没多说什么，掉头就走。

这时候我听见阿德的声音，毛果。

阿德光着脊梁，肩上扛着一只麻袋。他的身形虽然壮实，仍然有些不堪重负的样子，压得背驼了些。身上的筋肉绷得紧紧的。

我上前去想帮他一把,他闪了一下,使劲对我摆下手。吃力地走到货车里,将麻袋卸下来,安置好。货车里已经整齐地码了一些同样的麻袋。

阿德揉一揉肩膀。对我说,中途不能换手,力气要泄了。

我说,阿德,你在这里开工?

阿德踌躇了一下,声音很低地回答:嗯。

中年男人递过来一条脏兮兮的毛巾,阿德接过来抹一抹脸。男人问我:你怎么找过来的?我说,皮夹里有地址。

男人沉吟一下,忽地站起来,使劲在阿德头上凿了颗毛栗子。这是你给我的好交代,给你老母的好交代。

阿德也忽地站起身,说,丢,人哪里都像你想的这样衰。毛果,信得过的。

男人将烟头在两指间夹灭了。上了车,将车门掼得山响,嘴里骂骂咧咧,你们这些细路仔,知道个屁。

阿德低着头,轻声说,毛果,你都看到了,我打的是黑工。有数就好了。我信得过你。

我点点头。

阿德拍下我的肩膀说，我送货去了。

小货车开走了，发动的时候，排气管"噗"的一声，像是打了个喷嚏。开出几步远，阿德的头探出窗外，吹了声口哨。我看到史蒂夫从店里奔出来，一溜小跑，噌地跳到车厢里去了。

我脑子有些乱，浮现出阿德黝黑的脸庞。这张脸上堆砌出了忧心忡忡的表情。阿德是什么人呢？我想到一个词，倏然有些心惊。

数年前看过一部电影，记得清楚的，是蛇头的狰狞面目。然后是些身形模糊的偷渡客。或许是成见，与偷渡相关的，该是人性最低劣处的猥琐、无望和扭曲。

我说服了自己。阿德很正常，很健康。他不过是个昼伏夜出的正常人。

半个月后，我陪一个朋友去深水埗的电脑城买主板，意外地看到了阿德。阿德坐在卖四仔片的小店铺里。他坐在角落里，还是很忠厚的样子，眼睛发着木，心神不定。和这店里淫猥而热烈的气息，有些不搭调。有客进来了，他也用眼光殷切地迎上去，仅此而已。客走了，眼光便又黯淡下去。

阿德没有看见我。

很久没有见到阿德。我却养成了半夜打篮球的习惯。我的生活，太容易被一些既成的东西所左右。瘾一样的，哪怕只是形式，要戒除，并非易事。

不知道为什么，投出一个球去，我就会想到虚掷青春这个词。青春这东西，让人觉得有些不踏实。

这天夜里，运动场上空无一人，我在昏黄的灯光里头跑跑停停。远处的海，传来很响很隆重的汽笛声，我当是观众，为我喝彩。也只是一瞬，就被阔大的安静吞没了。

就是这个时候，我听见了仓促的狗吠声。一条黑色的影飞快地向我跑动过来，是史蒂夫。

我四面寻找阿德，并没有人。

我抚摩了下史蒂夫的背，它却有些急躁地将头偏过去，向远处张望了一下，嘴里发出低沉的吼叫。它使劲扯了扯我的裤脚，然后向前跑了几步，回头看着我，眼里泛着光。我知道，它是要带我去一个地方。

在靠近石塘嘴的一个街角，我看到了阿德的车。阿德躺在货仓里，看见我，眼睛亮一下，用一个艰难的动作，要起身来，突然嘴里发出"咝"的一声，那是疼痛的声音。我这才注意到,阿德的手肘在流血。

阿德又挣扎了一下,终于没起来。我赶紧爬上车去。阿德原来黧黑的脸庞,这时候是青白的颜色。我有些无措,阿德,你怎么了?阿德苦笑了一下,说,打劫了。

我拿出电话就要报警。

阿德仓皇地伸出手,拦住我:不要叫差人。

我立即明白,警察不是阿德想见到的人。

停了停,阿德说,毛果,驾驶室的椅子底下,有个急救箱,帮我拿过来。

急救箱里有绷带和碘酒。我蘸了些碘酒,涂在阿德的伤口上。阿德抖动了一下,咬了咬牙,没出声。伤口很深,还在不断地渗出血来。阿德说,毛果,先用绷带缠上吧。

我帮阿德躺了下来,听到他轻声说,还有人打劫我,真是阎王爷不怕鬼瘦。

阿德很后悔,下了车来抽那根烟。那两个古惑仔真是鬼一样的,悄没声地到了阿德背后,就是一闷棍。阿德当时就倒下了,可还有意识,抱住了其中一个人的腿。那人对着阿德的胳膊又是一棍,旁边那个又在他肘上补了一砍刀。史蒂夫原本在远处,听到声响赶过来,对着两个人又撕又咬。两个人慌慌张张地跑了。

阿德说,幸好有史蒂夫,货没有丢。

阿德与史蒂夫

史蒂夫卧在阿德身边,舔了舔阿德的脸。

我说,它早些听见,你也不会成这样了。

阿德叹了口气,不怪它,它也老了,耳朵不灵光了。

毛果,你会开车么?阿德问。

我想了想,点点头。在内地拿了驾照后,我还从来没开车上过路。并且,从路考算起,我也已经一年多没摸方向盘了。但是,我点了点头。

阿德说,好,你帮我开。

我小心翼翼地倒了车。还好,还好,我都还记得。皇后大道上空无一人。帮阿德将车停到了一个加油站附近。

阿德说,毛果,你的手很生。谢谢你。

我们叫了计程车。史蒂夫跑了几步,这回没有跟过来,它回到货仓里,朝我们的方向吠了几声。

阿德说了一个地址。那个地址是九龙的。

是深夜了,计程车开得很快。车过隧道的时候,有一瞬的黑暗。我听到阿德粗重的呼吸,知道阿德忍得很辛苦。

阿德的头上渗出密集的汗,有些颤抖,那是失血发寒的缘故。我脱下了夹克,盖在他身上。

阿德肘上的绷带,现出暗红的颜色。我终于急了,对司机说，师傅，能不能再开快点。我朋友受了伤。

司机朝后视镜看一眼，声音粗暴起来，大吉利是，现在才讲，受了伤叫我的车，应该叫救护车。现在去医院吗？

不，我和阿德异口同声。我们对望了一眼，心照不宣。

是，公立医院，阿德也是不能去的。

司机又开快了些，兜起了一些风。他将车窗关了。外面的景物缭乱地飞驰，路灯如同一道昏黄的线滑动过去。这时已是夜半，我有些发困。

当路渐渐有些窄，两旁的建筑也开始不拘一格地旧起来。我听见阿德说，到了。

车在一幢灰扑扑的大厦跟前停住，门楣上写着"旭和阁"。我搀了阿德下车，他已经虚弱得有些站不住。3823，阿德说。我按了楼下的密码键，大门打开了。前台有个守夜的阿伯，看到我们，抬起头来。目光如隼，看得我有些不知所措。阿德说，阿伯，我找林医生。阿伯很不满地说，后生仔，那么晚来，搅得医生没觉睡。

阿德抱歉地笑了笑。提示我朝电梯的方向走过去。电梯停下的时候，发出刺耳的金属间摩擦的声响，震得鼓膜一凛。我们进去，阿德按下7字。电梯哐当哐当地运行起来。我知道，这是幢很陈旧的大厦。香港有很多这样老的大厦，年久失修，成为这座城市走向老龄化的佐证。

电梯门打开了，在青蓝色的日光灯里，我看到7A房门口挂着牌子，"林祥记诊所"。

摁了几下门铃，出来一个中年男人，头发有点凌乱。看到阿德，男人似乎一惊，惺忪的眼睛也醒了，急急地打开门让我们进来。

我们穿过一条灰暗的走道，进了一个房间。白炽灯光虽然微弱，但看得出与外面的颓败大相径庭，是着意布置过的。

男人检查了阿德的伤口，你扎的？

我点点头。

扎得不错，学过护理？

嗯，大学里学过。

哦，你说普通话的？

医生，阿德的伤，严重么？

脱臼了。伤口挺深。先打一针破伤风血清。

阿德睁开了眼睛，说，林医生，我……林医生示意他别说话，对我说，后生仔，挺能扛的。他去里屋搬来一些褥子，盖在阿德身上。

突然,我看到阿德抽搐了一下,呼吸急促起来。头上渗出了薄汗,面色和嘴唇几乎在刹那间灰白了。我吓坏了,大声地喊林医生。

林医生急急地出来,把一下阿德的脉说,休克了。

要输血,管不了了,我们送他去医院。

林医生说完,自己先踌躇了。我们都很清楚将阿德送去公立医院意味着什么。

可是,我没办法。这里没有血浆,我没有。

林医生,你有输血的设备么?

有。

那好,输我的。我O型的,万能血型。

林医生呆呆地立了一秒钟。出去拿了个小针管,要给我做个血检。我表现出少有的急躁。还要检什么,我没有任何疾病,O型血。你看阿德,都这样了,我们还要等什么,他折腾不起了。

林医生一边给我的手指消毒,一边说,唉,这个马虎不得,马虎不得。我们快一点,快一点。

我看着自己的血安静地流进阿德体内。半个小时过去了,没有出现任何排异反应。林医生试过阿德的脉搏,也舒了一口气。

阿德与史蒂夫

你是阿德的朋友？他问我。

我点点头。

他再看我，是很温暖的眼神了。他说，阿德的朋友很少。

我这才打量起这个房间，是非常标准的诊所的陈设。然而并非本地风格，因为似曾相识，好像是将内地医院某个急诊室的格局一锅端到了这里。处处是简朴整饬的痕迹。白漆的木椅木桌，桌上是整块的玻璃，底下压着处方单、日历和一些照片。还有一张毕业证书，广州医学院的。毕业时间是一九六五年，名字写的是林乃栋。

林医生也是个不多话的人。我们静静地看着阿德。阿德的呼吸很均匀了。

我说，林医生，你去睡会儿吧。

林医生搓了搓手说，不困，不困。

林医生又进去拿了床被子，盖在我身上。说，你先休息，我出去一下。

我蜷在沙发上，迷迷糊糊地睡过去了。

我醒过来的时候，天已经大亮。阿德坐在桌前，在喝一碗汤。林医生起身在一个黑陶罐里舀了一碗，递到我手上：

我买猪肝煲了汤,你和阿德都要喝,补血。

林医生自己不喝,就着茶几在吃一个叉烧包。头深深地埋下去,败了顶的头发有几缕垂下来了,有些颓唐的样子。

这时候,门被剧烈地敲响了。

林医生慌张了一下,叉烧包差点儿掉下来。他擦了擦手,打开了门。一个胖大的中年男人横了进来。我见过,在海产铺头门口,骂骂咧咧的那个人。他看到我也有些惊奇,眼睛愣一下,好像在说,怎么又是你。

男人看到阿德,神情蓦然凶狠,走过去扬起手就是一巴掌。嘴里骂,衰仔。成夜没返屋企,你知唔知你老母几心急?

他还要打下去,林医生上前拦住,说,老虎,慢住。孩子受伤了。

男人手在空中一顿,打量一下阿德,又要劈下来,嘴里骂得更凶,衰仔,你长进了,学人打架。给你老母的好交代。

阿德只有虚弱地护住头。

我上去一把攥住男人的手,说,你讲不讲道理,阿德被打劫了。

男人眨了眨眼睛，抬起阿德的胳膊。阿德痛得嘴里"呲"的一声。男人有些慌乱地放了手，问，真的？

我想这人真是不可理喻，就把原委跟他讲了一遍。

他抬起手，搔搔头，又看着林医生：真的？

林医生用力点点头：真的。这孩子……他指指我，这孩子给阿德输的血。

这叫老虎的男人手一时也不知往哪里摆了。他一把握住我的手，突然又放开，在裤子上擦了擦，再握住，郑重地使了使力气。我的手被握得有些痛。

他转身对林医生说，我昨晚过皇岗，没返来。丢，个衰仔，第一次自己出车就背时运。

他走过去，胡乱摸了下阿德的头，说，林医生，医返了么，个衰仔。

林医生说，无大碍，无大碍了。

他用力点了下头，好，那我带佢返屋企了，我寻了成个上昼，佢阿妈不知几心急。

他回头看看我，说，细路，你住西环吧。我一车带你返去。

我们走到电梯间，林医生叫住我们，递上一个保温瓶：老虎，拿着，我早上熬的猪肝汤，带回去让孩子喝。

老虎叔的车兜兜转转,快速地穿过一些街巷。阿德坐在副驾驶上,一言不发。老虎叔看他一眼,声音平静地说,莫同你阿妈话打劫,无谓她担心。只说搬货伤到就好。阿德点一点头。

这时车进入了我更为陌生的地界。似乎进入了一个居民区。两侧的楼宇比方才更为稠而密,也更为陈旧。街道紧窄,行人车马,过往不断。却有一种奇异的落魄和萧条,从这热闹的景象里渗漏出来。

老虎叔停了车,同我一起小心地扶了阿德下来。阿德弹开我们的手,脚实实地踩下地,响亮地说,你们这样才会吓到阿妈。说完甩开膀子走到了我们的前面。我们跟他走进一幢大厦。这楼里地层没有看门人,任谁也可以长驱直入。电梯间里有些黑。有个影子弹动了一下,才看见暗处或坐或站了一些人。看到有人进来,这些人发出讪笑的声音。他们一色的很瘦,可称得上形销骨立。然而,却有雪亮的眼睛,四处逡巡。我好奇地朝他们看过去。老虎叔推我一把,轻轻说,莫睇。都是道友。我心里一惊,将眼光收回。所谓道友,在香港是白粉佬的意思,也就是吸毒者。这里看来是他们聚散的地方。

老实说，当时我心里有些不砥实。就问阿德说，这地方怪怪的，我们去哪里？阿德看我一眼，头慢慢侧到一边去，说，我家。

阿德的家在十楼。阿德掏出钥匙，在一个单元门口停住。这门上吊着水红色的纱幔，颜色已经有些污糟了，一处似乎是被香烟头燎出了一个大洞。门打开了，一股酸腐的气味扑面而来。老虎叔叹了口气。这时候，一个毛茸茸的东西蹭了蹭我的腿。我低头一看，是史蒂夫。老虎叔抓了它一把，说，在我铺头跟前蹲了整晚，又带我去寻回货车。阿德打开灯，灯瓦数很低。但也还辨得出屋里的陈设。其实也谈不上什么陈设，眼见的清寒。只是屋角一架大床，竟挂着曳地的纱帐，这纱帐奢华的粉色本与周遭的种种是不衬的，却因了陈旧不再突兀，落魄进了这房间的黯淡里去。这时候，床嘎吱响了一声，我才看到床上有个人。老虎拿来拖把，拖着床跟前一团污物。床上的人慢慢撑起身子，是个形容苍老的女人。看她面目，我只是觉得眼熟，却想不起在哪里见过。这时候听到阿德喊道，阿妈。

我想起了，阿德皮夹里，照片上的人。

女人看见阿德，嘴动一动，终于没说话。阿德站在一边，一只胳膊还搭着绷带。过了半晌，却听见床上传来嘤嘤的哭声。老虎叔将拖把一扔，就是一句，丢，哭个屁，孩子不是回来了吗,搬货受了伤。莫哭了,你命里有人送终的。女人抽噎了一回,也就不哭了。

阿德走到一边,倒了一杯水。然后一只手在桌上的瓶子里翻找。找到了,又要拧开瓶盖。这于他太艰难。我过去帮他。他将几瓶药依次倒出几粒,放在手心里,说,阿妈,吃药了。

女人微微仰起头,却突然手一扬。水杯打翻在地上,玻璃碎成一片。老虎叔眼见有些怒,头上的青筋暴了一下。却强压下去,拿个扫帚扫了玻璃,轻声慢语地说,阿德,给阿妈赔个不是。

阿德愣在那里,却没有开口,是木然的神情。

老虎叔有些无措,终于说,细妹,我先走了。

阿德追上一句,阿叔,我晚上来开工。

老虎叔挠了一下他的头发,傻仔,都这样了,还开什么工。

阿德脸上迅速地掠过一丝焦虑的神情。

老虎叔说,你安心养,工钱照算你的。

我坐在老虎叔的车里,却眼见着他将车沿着刚来的路开回去。停在了林医生的楼下。

我们敲开林医生的门,见他一身白大褂,穿戴得整整齐齐，脸上的倦容却仍在。他眼里现出惊奇，自然是因为我们回来。

老虎叔笑得有点不自然，突然一句，林医生生意几好？

林医生也一愣，眼神有点散，反应过来，说，还好，全靠街坊，全靠街坊。

老虎叔手插进口袋，摸了一下，掏出一卷钞票。扔在林医生的桌上，说一句，替阿德给的。转身就走。

林医生一把攥住他的手，说，老虎，你这是看不起人。

老虎挣脱他，面红耳赤地快步走出去，我也赶紧跟出去。

我们是从楼道跑出的。老虎叔跑得气喘，长舒一口气，好像个摆脱大人追踪的孩子。

上了车，老虎叔得胜似的笑了：我就是想帮帮他，又怕他摆臭架子。

这时候，我听见老虎叔讲起了一口普通话，还挺流利：他也就对我摆摆架子，摆了半辈子了。就因为他是个什么，大学生，可那证书不跟废纸一样。

老虎叔突然很兴奋。说普通话的老虎叔滔滔不绝的，显得嘴有些碎。

我才知道，林医生是个无牌医生。因为有海外关系，"文革"几年胆战心惊，急急地出来了。原来是取道香港到新加坡去，误过一班船，就留下来。但是内地的学历不被香港政府承认，所以挂不了牌，只能做黑市医生，好多年了。不过生意还是清淡，全靠街里街坊，维持生计。除非有人来打胎，还能赚到些。

我有些惊奇，说，林医生还会这个？

老虎叔笑了，林医生样样来得。他还会补牙，你看。他张大嘴巴，指着被烟草熏得焦黄的牙齿给我看。里面有些黑色的填充物。老虎叔说，林医生用的材料和政府医院不一样，不怎么好看，但是便宜、经用。

他停一停说，诊所生意不好，人又爱面子。所以，钱更不能缺他的。

我说，那，那刚才阿德在的时候为什么不给他呢。

老虎叔说，那样，三个人都难看。

车开到了尖沙咀。老虎叔找个地方停了车。说烟瘾犯了，要抽一根。我想，烟对货车司机真的很重要，阿德抽得也很凶。

老虎叔问我，你叫什么名字？

我告诉他。他在嘴里重复了一下，毛果。

他又问，在哪里打工？

我说，在大学里读书。

老虎低低头，说，哦。看你的手，就知道不是做工的人啦。跟林医生的一样。

他又突然问我，阿德的事情，你知道多少？

我想想说，知道他帮你打工。

哈哈，跟我打黑工。这一笑里，我知道他对我完全没戒备了。

老虎叔使劲咂了一口烟。阿德命苦，却是有骨气。我看你是个仗义的孩子，不怕你知道。他拿的是双程证。

我和他爸，是同乡，老家荔浦的。他爸是个不济事的人，事事要人照应。当年拉他偷渡的是我，也不知是帮他还是害他，总之当时在乡下是没活路了。抵垒那年拿到了身份，也是我帮他介绍，回乡下和细妹结了婚。哦，就是阿德的阿妈。第二年就生了对双胞胎。交了一笔钱，给他妈办了单程证过来，规定只能带一个小孩。本来阿德大些，要带他。可是那两天阿德得了百日咳，就带上了他兄弟，把他留给了阿奶。

那孩子来了香港第六年，就死了。做父亲的无了牵挂，更不争气，染上了酒瘾，每天地盘上收了工就去喝，饮到醉死。有天给人从海里捞上来，已经泡得不成了人形。骨灰盒送到乡下去，阿奶号了一夜，也殁了。唉，白发人送不得黑发人。

老虎叔说得出了神，没留心烟蒂燃到了尽，烧了手，赶紧甩掉。

那时候，阿德已经十一了。他爸是独子，阿奶一死，他们家乡下没人了。我们几个同乡想办法，用双程证接他来了香港。他才见了阿母第一面。这对父母也够狠心，也是胆小，十一年没回乡下一趟。阿德没再回去，跟了他阿妈。

我忍不住问，那阿德小时候，他们靠什么生活呢。

老虎叔挠一挠头：你知道他们家在什么地方，深水埗。那条街就是福华街。

我仍然不明所以。只好又问，福华街是什么地方。老虎叔干笑了两声，低低地说，就是男人消遣的地方。她阿母那时候年轻，是有些女人的本钱的。

我听到这里，明白了。有不适的感觉从心里漾起，老虎叔说得太轻描淡写了。

后来我知道，深水埗的元州街与福华街，是香港有名的风化区之一，然而却不同于油尖旺的灯红酒绿，五步一马槛，十步一架步。而是混迹于住户之中，有着朴素与家常的外表。一个普通的大厦里，蜂巢般地居住着形形色色的人，包括那些因为法律的约束，不期然出现的具有香港特色的一楼凤。这些女人与住户相安无事。偶有投诉，也只是因为寻欢客敲错了门，无意滋扰了寻常人家。

我想起了那灰扑扑的楼房和曳地的粉色纱幔，听老虎叔接着说下去。

她白天要做生意，就把阿德放在我那里。阿德来的时候，已经上到小学五年级，没身份，上不下去了。这孩子从小就倔得很，跟谁也不亲。你跟他几个照面就交上朋友，也是缘分。

也不是没想过周济他们。他们倔起来真是像两母子，一点不想欠你的。所以，她的客也都是老客，知根知底。我是真想要了她，可家里有一个，再不好，也是有一个。林医生跟她般配，却又嫌她。我知道在她心里，林医生比我重得多。可我看不上那男人的窝囊。人是好人，就是窝囊，跟我还摆臭架子。

老虎叔叹了口气，满腹心事似的，在自己胖大的肚皮上拍了一记。

我们这些人，说坏一点，跟他阿母有了这一出，阿德也成了我们的儿子了。这个，这个你是不会懂的。

老虎叔做结论似的，使劲挥了挥手。上车了。

深夜时候，我还是会去海边的运动场打球，一如既往。

半个月过去了。

这天远远地听到狗吠。我下意识地停下来,球滚落到一边。就看见阿德嘻嘻地笑着,捡起了球,投了个三分。

史蒂夫飞快地跑过来,扬起颈子,蹭了蹭我的腿。

我很欣喜。阿德恢复得很快。他告诉我老虎叔解除警报,又放他出来打球了。

老虎叔之前不了解我的底里,这样做自然是出于对阿德的保护。这个人,是粗中有细。

我和阿德打起了二人赛,挥汗如雨,畅快淋漓。

阿德做了个假动作,闪过我,上篮。他跃起,我抬起胳膊阻挡,正打在他的肘上。这是他的伤处。阿德的身体晃动了一下,球滚到一边。

我看到他皱一皱眉头,脸有些发白,慌了。他摆摆手,说,没事,没事。走,咱们到那边歇一歇去。

我们静静地坐在长凳上。远处的过往的船,响了一下汽笛。浑厚的声音过去了,四周围更觉安静。阿德突然开了口,毛果,你有兄弟吗?

我摇了摇头。

他说，我有个兄弟，听我阿奶说，是个双胞胎的弟弟。不过我没见过，从小就分开，不记得了。

我说，嗯，听老虎叔说起过。

阿德抬了抬眼睛，没说话。

过了一会儿，他突然说，弟弟要还活着，我就不是现在这个样子了。

他说，我留下来，多半是为了我阿妈。

我跟着我阿奶长大，只当没有爸妈。后来他们从香港寄来张照片，看见这女人，就觉得亲，这就是血浓于水吧。我也没什么可怨的。有个妈，总比做孤儿好。她跟我不亲，她跟谁也不亲。老虎叔对我亲。他人凶，心不坏。她是做那种事养活我的，我也知道。我对她恨不起来，她也是做那个落下的病。我离不开她，我要给她送终。

阿德说这些的时候，是漠然与落寞的神气。这在我和许多同龄人的脸上，都是少见的。

是认命后的阴影，沉甸甸的。

阿德将手指头插进史蒂夫柔软的毛里，梳理了几下，史蒂夫发出舒服的呜呜的声音。阿德说，我也舍不得史蒂夫。

关于史蒂夫的来历，阿德有着和老虎叔不一样的版本。老虎叔说，史蒂夫是一个年老的恩客在重病的时候，托付给阿德妈妈的。而阿德说，史蒂夫是他父亲留下的。

因为阿德，我认识了郑曲曲。阿德说，曲曲是他的女朋友。

那天阿德打电话给我，要我帮他找一些中学语文课本，给他的女朋友。

在黄昏的时候，我见到了曲曲。曲曲表情凝重地坐在桌子前面。这是在旺角附近很小的单位里的一间套房，不足百呎。光线哑黯。但是曲曲鹿一样的眼睛，发出的光芒，让四周的颓然有了一些生气。十六岁的曲曲，是个好看的女孩，肤色近乎透明的白。我后来知道，那是长期不见阳光的缘故。

我微笑着和曲曲打了招呼。曲曲亦微笑地答我，但是没有说话，只是做出一个手势。我迅速地用一个手势答了她。这让阿德有些惊奇，毛果，你懂手语？我点点头。大学的时候，我曾经在一个残疾福利院做青年志愿者，接受过为期半个月的手语培训。

曲曲也有惊喜。她是个哑女，一场高烧夺去声音，却还有些微的听力，哑而不聋。她习惯了对这个世界无以回答，沉默在这房间晦暗的背景里。

这一天是曲曲的生日，阿德为她买了一台收音机。我们打开收音机,在一阵吱吱啦啦的声音之后,响起柔美的女声,在播送天气预报。明天阴,间中有阵雨,空气污染指数五十七点六。

曲曲专注地辨认其中的细节,难掩兴奋。

我拿出课本,递给她。曲曲眼睛亮一亮,将那些书在胸前紧了紧。

曲曲很久没有上学了。

曲曲的爸爸在冻肉厂里做工,一次工伤失去工作能力。父女二人靠综援生活。妈妈跟一个男人跑了以后,曲曲似乎很难再相信任何人,但是她相信阿德与阿德的朋友。曲曲似乎很久没有出过这个单元。阿德说,也许有三年或者是四年了。父亲也未替她申请行街纸,似乎家里是最为安全的地方。尽管家徒四壁,只有一张双层床,唯一的家用电器是一只电饭煲。但是,仍然是一个家。

曲曲拿十四天的双程证从番禺来到香港,没有再回去,也没离开过这个家。

曲曲用手语对我说,她想要抄写课文给我看,要我看看写得对不对。曲曲摊开一张报纸,找出了墨汁与一只略略秃了头的毛笔。

我打开课本,翻到朱自清的《荷塘月色》。

曲曲蘸饱了墨，一笔一画地写起来。曲曲的认真在我的意料之中。然而，当她抄写完一段，我发现了其中的出人意表，那是曲曲的字。"这几天心里颇不宁静。今晚在院子里坐着乘凉，忽然想起日日走过的荷塘，在这满月的光里，总该另有一番样子吧。"这些严谨整饬的小楷，无法用通常赞赏女孩子字迹的娟美来形容，甚至以优秀都难尽其意。令人惊奇之处，是其中的劲道与力度，在一个未曾接受过中学教育的女孩子笔下，难以解释。

我终于问道，曲曲，你练过书法？

曲曲停下笔，愣一愣。低下头去。

我不知道自己说错了什么。但是，阿德拉了拉我的袖子，示意我不要再说下去。曲曲在这时候抬起眼睛，用手势告诉我，有东西给我看。曲曲在双层床的上层翻找，取出一叠纸。

这是一本散了架的字帖，纸面发黄，页页都已经被翻得翘了边角。封面上写着《化度寺故僧邕禅师舍利塔铭》。书法课上教过，这是欧阳询最为得意的作品。

从曲曲的字迹上看，临摹这本字帖不是一两天了。

阿德告诉我，字帖是阿平伯留给曲曲的。阿平伯是曲曲的邻居，也是老虎叔店里的会计兼文书。老人家写得一手好欧体。

曲曲的字是阿平伯教的。

阿德对我说，那年冬天，他来送账簿给阿平伯轧账，顺便带了两卷挥春纸。阿平伯不在。他进来的时候，就看见这女孩在报纸上专注地抄写一段新闻。当时，他并不知道曲曲是哑的。女孩不说话，只是安静地对他笑，指指他手里的挥春纸。他有些不信似的，替她铺在了桌上。曲曲就为他写下了"日进斗金""财源广进"八个字。他看来看去，竟和阿平伯的手迹，是一模一样。

后来才知道，海鲜街上的街坊邻里，慕名请阿平伯写的挥春，竟有一半是出自曲曲的手笔。

在认识阿德之前，曲曲唯一的朋友，就是阿平伯。老人家当初是怜悯这出不得门的小姑娘。送她笔墨，教她写字，帮她有个办法打发时间。他也没料到曲曲心里竟有韧力，报答他似的苦练，至今已有三年。

就在四个月前，阿平伯脑血栓突发，去世了。留给曲曲这本《化度寺塔铭》。曲曲抚摩字帖，神情庄重，蓦然眼底有些发湿。阿德小心翼翼地看着曲曲。我在他的眼睛里，看到爱、怜惜还有一点点崇拜。

给曲曲找语文课本是阿德的主意。阿德说，整天抄写《苹果》《东方》上的八卦新闻，对不起曲曲的一笔好字。阿德对曲曲的好，其实大半是靠了直觉，有些盲目，但没有错过。

我从未见过曲曲的父亲。据说，他总是出去打牌，有时通宵不归。一星期里，他会买一些米和成捆的西洋菜，放在家里。曲曲就靠这些过生活。

曲曲对阿德有一种依赖。尽管我们在的时候，彼此也很少交谈。我们只是静静地看她写字。

我又给曲曲带来一些书、几本字帖。《九成宫醴泉铭》《虞恭公碑》与《皇甫诞碑》，都是欧阳询的。我想，这是曲曲需要的。

当曲曲写累了，我们打开收音机。吱吱啦啦的电波声中，我们用眼神和手语交流。

曲曲用左手环成了一个圈，右掌在上面轻轻磨动。曲曲说，我爱你们。

聋哑的孩子表达感情，会比我们更为直接与专注。没有委婉的遣词造句，只有简洁的勇敢。手语如同心言。

在这安静的对话里，我，阿德，曲曲对生活心存感激。

即使宿命，片刻的美好与满足，对阿德、对曲曲，对我与他们之间的友谊，已是珍贵。

他们不谈未来，偶尔谈及过去。因为未来是薄弱的，但是承载了一些希望，似乎谈论即是预支了这些希望。

像阿德这样的孩子，香港有很多。他们生活在时光的夹缝里，艰难地成长，但是依然是在成长。一九八〇年后，特赦取消。居留权问题成为他们生活的重心。阿德出生的时候，他的父母还都未成为香港的永久居民。这使得阿德的身份无所凭借，成为了很多人中的一个。他们中有一些勇士，在政策的变幻中争取，斡旋。但是更多的，如我的朋友阿德与他的亲朋，在观望，带着一些胆怯和处世的机智静悄悄地生活、成长。

在阿德的口中，有一个叫作健哥的人。我从来未有见过，但是屡屡被他提起，用敬畏的口气。阿德说，如果有天可以帮手健哥，他愿意。

在争取居港权的人中间，健哥的传奇口耳相传。包括组织了几次大规模的绝食静坐，冒雨请愿政府总部，甚至上诉联合国。

我未想到阿德命运的急转流年，会与这个人相关。

那件事以后，我没有再见到阿德。

很久以后，每每想起阿德，我已不再悲伤。只是感到迷惑，为生活的突兀。一切，戛然而止。

那个夏天，我完成了一年的学业，回家探亲。临走与阿德道别，阿德兴高采烈地跟我说，请我带一些雨花石，送给曲曲。

然而，当我回来，再无他的消息。

午夜，我一个人在西区运动场上打篮球。打累了，坐在长椅上，会想起阿德的"箭"。

阿德在这个七月蒸发了。

我终于去找了老虎叔。老虎叔没有说话，在铺头里翻翻找找，取出一盒录像带给我。

我将录像带拿到了大学的视听室。带子放到了头，我按下倒带键。镜头匆促地运转，不明就里间，我看到熟悉的脸一闪而过，那是阿德。我耐着心将录像带倒到了开始的地方。

这是一则新闻重播。我不在香港的时候，发生了一起震惊香港的事件。我没有震惊。如果事件牵扯到的人与你切身相关，你会暂时忘记为事件本身而震惊。

事情发生在七月初，一批争取居留权的人士在入境处大楼纵火，火势失控，造成四十余人烧伤。一纵火男子重伤不治，一名事务处官员殉职。涉案嫌犯十六人。主犯何子健，二十七岁。从内地一间大学辍学来港，争取居留权已逾五年。看着这个倨傲的，在羁押下仍是目光热烈的年轻男子。我突然意识到，他就是阿德说过的"健哥"。镜头在嫌犯的面前一一掠过。在一瞬，我按下定格，倒带，重放，再按下定格。我看清了。是的，是阿德。

镜头中的阿德抬了一下头，神色木然。阿德的眼神晦暗游离，不复清朗。这是一个陌生的阿德。

我关上机器，取出录像带，手有些发烫。

老虎叔苦守在电视机旁，在新闻重播时录下了这一段。他只是不明白，依阿德温厚的性格，何以成为这激烈的事件中破釜沉舟的一员。一切也不会再有答案。在参与之前，阿德没有告诉任何人。那天中午，他如往常一样开工，只是在中午吃饭时间不见了踪影，再也没回来。

阿德拘留候审的第四天，阿德妈妈用一条丝袜结束了自己。她没忘挣扎着起来，穿上往日做生意时候的一身丝绸旗袍，那是她唯一体面的衣裳。

三个月后，我在报纸社会版上，看到一则新闻。旺角的一个单位里，发现了年轻女孩的尸体。尸检后发现女孩已患抑郁症经年，脑卒中并发症而亡。女孩并没留下什么。只是在石灰墙上用毛笔写下一行字——"是暗的，不会是明。"配发了照片，记者忍不住在行文中插嘴："寥寥几个字，却是难得的好书法。"是的,他说得没有错,用的是欧体楷书。

半年后,我搬了家。却恢复了在午夜去西区运动场打球的习惯,一个人。

这天,我走过天桥。发现酣睡的流浪汉身边,多了一条毛色杂乱的狗。我经过的时候,那条狗摇晃了一下,站起来。我低下了头,向桥的另一端走去。当我转过身体,它还站在那里,眼巴巴地朝这个方向看着。我轻轻地说,再见。史蒂夫。

老　陶

毛扬是我堂哥,在国有企业,当秘书。这两年,经常是夹着个公文包在家里出出进进。以前我们是兄弟兼死党,现在好像越来越没话说。

这天在二伯家吃饭,吃到一半,毛扬回来了。二妈要去盛饭,他就说,吃过了。我说,又是饭局吧,老哥,你都快成个官油子了。二妈就叹了口气,接过话去,这孩子,怕是走错了路。

毛扬就说,今天老陶来了,我和他吃的饭。顿了顿又说,都快过年了,老陶还穿着单衣裳。大家都沉默了。我问:哥,老陶是谁?毛扬说:就是陶汇泉。我又问,陶汇泉是谁?二伯就说,先吃饭吧,吃了饭再说。

吃了饭，我就把这事忘了。晚上跟毛扬睡一屋，他在床上翻来覆去的。过了一会儿，又起来轻手轻脚地挨着黑点了根烟。我说：哥，睡不着么？毛扬使劲吸了口烟，火焰在黑暗中倏地闪烁了一下。他把烟头掐灭了，对我说，毛毛，你想听听老陶的事情么？

我在黑暗中点了点头，毛扬不知道有没有看见，他只是自顾自地说下去。

我第一次见到老陶，是一年多以前了，刚从分公司调到集团那会儿。那天快要下班了，外面说有人上访，闹到办公室来了。进来了一个人，穿了件绿军装，头有点儿秃，看上去四十多快五十岁了。一来就掏出个大袋子，拿出好几摞材料。看来，是个老信访。

我大概翻了一下，全国人大的，中央军委的，省政府的，批转件一大堆。还没看出所以然，这人站起来，情绪挺激动，指指点点：这么多年我都在信访，我的问题各级机构都有批示，为什么不给我落实？

材料上的大红章，这么十几个盖下来，也是够触目的。毛毛，你知道，弄到这些批示，不是一朝一夕的事。当时，我也不知道，老陶为了这些大红章，已经走过了二十七年。

有些上访的人，有天大的委屈，白纸黑字。苦痛艰辛，写得明明白白。老陶的事情，其实并不大。一件不大的事情，十几年没能解决。老实说，我当时心里纳闷，也有些义愤。头头脑脑，层层级级，实在是太拖沓了。

据这人说，来了几次，没见到领导。我就把他介绍给了我们信访办主任老崔。

崔主任见是他，眉头皱一皱，把我拉到一边，说，这个老陶，九六年前就来信访，毛扬你不懂，他的问题，没办法解决。我是公司的信访办主任。他不是我们的人，更不是市里的人，市政府的人都没办法解决。这个人信访这么多年，大家都厌了，说是出于义务，其实和他也没有关系。上头也是，动不动就推过来。

听她这么说，我还是一头雾水。回头看一看，那个叫老陶的中年人，已经在拾掇东西。他走到电梯间，门打开了。我看他愣一愣神，走了进去。

崔主任看着他的背影，说，他是知道在我这里没什么希望。该找的差不多都找过了。你想，市委书记都接待过他，都没办法解决。

我就问她，这个老陶，当年究竟是为了什么事。崔主任叹一口气，说，能是什么事。一丁点大的事，不过传说的版本多得很，说到底是个人恩怨。大概七十年代末，他在部队上的时候，为了点鸡毛蒜皮，得罪了一个连长。结果那个连长将他作为坏分子整治了。他人又犟，不肯服气。部队于是让他复员，回了原籍。

人算不如天算，部队七九年开到S市，建设特区。这支部队翻牌成立了特区建设公司。跟着部队来的战士，也都集体转业。这个老陶，如果跟着部队转业，就该在三公司。三公司创业初期，也艰苦得很，经过了一段，后来慢慢好了。

当时部队里很多人都不看好S市这么个荒凉的地方，主动打报告要求回家。后来见到公司好了，也后悔了，这是题外话。可这个陶汇泉，认准了一条理，走上了信访路，说，部队里处理我，属于"文革"期间的冤假错案。你们要给我恢复名誉。他的意思，一旦恢复军籍，顺理成章跟着部队，就可以跟着集体转业，成为三公司的一员，拿工资、分房子都有份。这个逻辑，也简单。

大家想想他的处境，同情，可也没办法。其他人处理就处理了，回家也就算了。偏偏他拗得很，到处找，找部队的老领导，三公司的领导。大家都认识他，觉得可怜，给他在三公司找个临时工的活，照顾一个房给他落脚，但是没有正式编制。打零工在计划经济时代，待遇和他的战友们差距是天上地下了。

你也看到了，他这个信访搞的，吓死人。袋子里装得满满的,各式各样上访材料,市政府、信访办、建设局、省政府、建设厅、全国人大、国务院。在北京上访,人家还好吃好喝招待他,给他买张飞机票把他送回来了。没办法解决啊,多次上访,国家发火,说你们S市怎么搞的,连这个事都解决不了。市里也很冤枉,这个人,你要处理他,就应该军队翻案,又不是我们的市民,连户口也没有,我们如何管他。于是就把他遣送到原籍。每次遣送回去,又跑到S市里来,总之一句话,他是"文革"时的冤假错案。可是,老实说,他这事,又够不上格。事情就不尴不尬地走到这一步。到头来,当时那个处分他的连长,人也死了。真叫个死无查证。参与过处理他的几个人也说,确实没有大问题,确实可处理可不处理。好多人认个倒霉,就算了,回家安安生生过日子。偏偏他一根筋,非要讨个说法。

毛扬说到这里,苦笑了一下:就为一个说法,他讨了二十七年。

这事过也就过去了。过了十几天,我听见有人找。一看,又是老陶。这回老陶指名要找集团董事长。

见了董事长,一句话不说,他就开始哭。让我吃惊不小。那么大年纪的人,穿着军装,布鞋,背着个包,头发花白了在你面前流眼泪，任谁心里也怪不是滋味的。

这时候办公室主任进来。董事长赶着出去开会，皱着眉头，对主任说，处理一下，处理一下，老信访。老陶就盯着主任：我这么多年信访，工作也没了。钱也没有，来都是走过来的，眼看到中午十二点了，我还没吃饭。说到这一步，主任一听就明白了。说，这里是五十块，你先拿去吃个饭，你的问题这么多年了，也不是一时半会儿能解决的。老陶立马说，谢谢你了，主任，你是个大好人。说完拿过钱来，抽抽搭搭地走了。

这时候老崔看见，就说，忘了跟你们讲了。市信访办已经跟我们交代过了，再也不要给这个人钱了。现在谁给他钱他盯着谁。下次他指名道姓就要见这个人，然后就落实到经济问题说是没有钱了，最后就给他一小笔钱打发他走。一旦有什么大的庆典啦，周年纪念啦，两会啦，他就出现了。没办法，他的问题，确实解决不了，但是他长期这样也影响咱们的形象。天知道，哪天来个中央领导，万一见到他，管他是不是S市的人，说一句，怎么这样的，到现在还不给他解决。最后都得打咱们的板子。

当时，我觉得这话说得有点儿不近人情。后来才知道，也是话出有因。我曾经也在心里嘀咕过，这老陶，靠什么谋生呢。听人议论起，他随着部队来，原先还打点零工，后来老是上访，人家就烦了，也不给他弄了。再后来市政府也火了，说你们哪个公司给他这个地方住的，他又不是我们的人，该干的干，不能干的让他回老家去。再后来，转业到三公司的战友也厌了，也不想帮他了。他信访了这么久，还是个老光棍，快五十岁了。人家个个成家立业，孩子都在上学烦都烦不过来。偶然关心你一下，哪还能几十年如一日地操你的心啊。信访到今天，前前后后加起来二十几年了，人家哪有耐心长期地关心你啊。没有了，都厌了。他最后一个人，生活来源也没有了。怎么办呢，就靠有时候人家给他点路费，最后就到了这个程度。三天两头地到公司里来，上班似的。一来，就坐在大堂的沙发上，等着几个领导出现，大家心里有个数，给他点小钱，他也就走了。几天的生活也就靠了这点钱着落。说起来，他那个装着各种材料的军绿挎包，就跟随身工具差不多了。

有一天，我在一楼看见他，被保安拦住。他硬摽着，要坐电梯上去。这保安新来的，不认得他。看到我，也急了，说，毛秘书，你看这个人硬要上去，说要找董事长，董事长不在就找陈主任。老陶看到我，愣了，嘴里含含糊糊地，和我打招呼。这时候，已经是下午快五点了。我说，老陶，领导去外调没回来。有事么，跟我说。老陶将包挎上了，说，哦，那我先走了。这只泛黄的绿军挎，已经磨破了角。过台阶的时候，他趔趄了一下。我说，老陶，你先坐着，等我一会儿。到了下班的点，我下来，跟老陶说请他吃饭。

我们就去了醉翁亭。毛毛你记得吧，就是绿岭路西那家徽菜馆，有小鸡贴馍，你还挺爱吃。老陶是合肥长丰人，信访材料上写着呢。

我看老陶坐下来，不大自在。就要了菜单，让他点，说家乡菜，你熟。老陶也不打开单子，只是说，有李鸿章大杂烩吗？

这道菜，你也记得。汤很鲜，里面卧着很多鹌鹑蛋的那个。

嗯，老陶就点了这个。我心里也奇怪，没说什么，接过菜单，又点了几样。

大杂烩上来，老陶舀了口汤喝了，皱一皱眉。我就问，怎么了？

老陶又喝了一口，说：这菜讲究个火候，要的是冬笋的甘，松蘑的鲜和火腿的咸。这个其他都好，就是用的是陈菇，不够鲜了，味道就吊不出来。

我见他讲得头头是道，说着说着，眼睛也亮了。就说，老陶，你像个行家呢。

老陶不说话，过了老半天说，我以前是个厨子。这一道，我做得最好。

我这才知道，老陶复员回家，在徽州他老舅的饭店里做过。做徽菜是个好把式，家传的手艺。他那时还是个三十未到的小伙子。

我就说，在老家做，不是也挺好。

老陶就说，要不是有个战友带了消息来，说团里的人都来了Ｓ市，兴许我现在还在做厨子。

我说，你还可以做啊，Ｓ市就这点好，就像这道大杂烩。打哪来的人都有，想吃徽菜的人不少呢。

老陶叹一口气，说，信访了这么多年，手早就生了。

我见他半晌没说话，就说，其实这么多年，你又是何苦……

他也不吱声，只是愣住了神，突然甩出一句，我就是要访下去，到现在也没给我个说法，我就是要讨个说法。

隔了一阵儿，他说，毛秘书，我这样，是不是挺叫人瞧不起的。可现在，如果不信访，我还能干什么？

那天晚上，老陶跟我说了他很多事情。

这么多年，为了一个目的，没工作，没住房，没成家。

问起来，原来他在安徽老家，是有一个没过门的媳妇的。他对人家说，要人家等，等到他上访成了，就接人家到城里来。人家等了一年，两年，五年，到了第八年的时候，终于嫁了人。谁也不知道他在做一件什么样的事，他在乡下的外号叫陶疯子。老家人对他也厌了，连老母亲都不让他上门了。

我就说，老陶，现在不比以前了，现在是市场经济时代，机会多了。东方不亮西方亮，谁也不会太稀罕这碗大锅饭了。兴许有一天，我也下海了呢。你以前想要的东西，未必现在还想要。

老陶又不说话了，过了一会儿，还是那句话，我就是要个说法。

毛毛，你想想看，一件事情，对于一个人，已经成为生活的惯性，就好像上了发条。他已经忘了目的，只知道要走下去。

那时候，信访大概已经成为老陶谋生的手段。两三天能挣上五十块，看到可怜他的，就给百八十块的，度过一周。

说回头还是个"钱"字，现在赔偿法也有了，要给他钱，数目还不小，可这钱又打哪里来。

也许，就算他不想要这个钱，退一百步，要个说法。可是，碰到这样的事情，很多人就认了命，放弃了。中国人，没人愿意较这个真。

老陶实在是个异数，他就是要访下去。其实，他的事情，说起来也小，可对他自己，却大到了半辈子。

有人就议论，说，要是认了，回去了，说不定老婆孩子热炕头了。抗争个两年，认了，找份工作打工，现在说不定都做老板了。要不挣点钱，在股票风潮时候排个队，趁上S市的股风，多少人白手起家，说不定现在百万身家成了公司总经理了。

以后，老陶还是来，雷打不动地，说要见领导。领导也习惯性地找个借口不见他。他就要见我。我知道，他见我，不是想要什么了，就是想找人说说话。有时候，到了快下班的时候来，我就和他吃餐饭。公司里的人都说，是我把他惯出来了。可是，逢到庆典，人代会，他倒是不来了。同事们就说，他是给毛秘书面子。你看，这话说的。

毛扬在床上翻了个身，对我说，睡吧，不早了。

过了一会儿，听到他又叹了口气。我想起二妈的话，我这老哥，也许真的不适合官场。

我突然想，在这样的夜里，在每个白天的间隙，叫老陶的人,他在想什么?

毛扬没再提起这个叫作老陶的人。

没有想到,在一个月后,也就是这一年的除夕,我意外地见到了他。

这一年的冬天,特别冷。这座中国最南端的城市,也遭遇了来自西伯利亚的寒流,气温骤降。二伯和二妈去了澳大利亚,探望刚刚生完孩子的大堂姐,顺便越冬。家里只我们兄弟两个。我在网上订了年夜饭,准备等毛扬回来,吃上一顿,然后去零点酒吧新年倒数。可是快六点了,毛扬还没动静。我打电话,说老哥你真绝,站好最后一班岗。

毛扬在电话那头笑了,说,辞旧迎新,善始善终。

快七点的时候,我听见门铃响,一边想毛扬这个工作狂真的很过分。

打开门,看见一个陌生人,穿了身军大衣,手里拎着个鼓鼓的红白蓝胶袋。他应该年纪不小。外面下了小雨。看他稀薄的头发,垂下了花白的几绺,有些颓唐。我问,你找谁?

我,请问这是毛秘书家吗?

我说,是,有什么事吗?

毛秘书在家吗?

还没回来呢。

哦。他说，那我等会儿再来。

转身就走了。袋子里的东西不轻，他拿得有些吃力。在进电梯的时候，还被夹了一下。

快八点钟的时候，毛扬回来了。我把餐馆送来的年夜套餐放进微波炉，说，老哥，真有你的，害咱们吃回锅年夜饭。

毛扬说，写年终总结，忘了时间了。

我想起来，对他说有个人找他。

他听我说完，想一想，说，是老陶。他说有什么事了吗？

我说，没有。

毛扬有些忧心地说，现在来找，别是有什么急事。

我说，不是吧。大过年的，还来求人办事。

话说着，门铃响了。我放下汤，开门一看，正是刚才那个中年人。脸冻得有些发红，手里还是拎着那只鼓囊囊的红白蓝胶袋。

我赶紧让他进来，可是心里，多少有些奇怪。大过年的，这算怎么回事呢。

毛扬在我背后喊了一声，老陶。

老陶的眉头舒展了一下,嘴里轻轻地应,毛秘书。

毛扬问老陶,你不是跟我说,回家过年了吗,怎么还在这里?

老陶有些犹豫,终于说,回过家了,又回来了。

毛扬也有些不得劲儿了,你说,这大过年的……

老陶说,毛秘书,我,我昨晚回来的,就想,就想来给你做顿年夜饭。

这话说出来,老陶勇敢了些:上次听你说家里人都出远门。大过年的,没人做年夜饭怎么行,我好歹也是个厨子。

毛扬的吃惊可想而知。我也愣住了。

老陶将红白蓝胶袋打开,变魔术似的掏出一只咕咕叫的黄毛鸡来。说,家里带来的走地鸡,比城里的好,滋养。毛扬赶紧过去,将鸡又塞回袋子里:你这是干什么,你手上可不宽裕。我们这有年夜饭,你不在意,跟我们一起吃,过年嘛。

老陶摽着劲儿,又把鸡拿出来,毛扬又塞回去。来回几次,鸡都给折腾烦了,扑扇起翅膀。

老陶突然间一屈膝,大声说,毛秘书,你这是不给我脸。

我看见这中年人血红的眼睛,突然湿润。毛扬愣一愣,也松开了手。那只鸡落在地上，脚捆绑着，徒劳地挣扎了几下，也就老实了。

老陶抬起袖子，在眼角擦了一下，吸了下鼻子，慢慢地说，毛秘书，我知道，这几年，是我不争气。人人厌弃我，不管我，就你还把我当个人。我老陶窝囊，可是不糊涂，识老赖人，也知道人的恩情。你就算给我个机会，让我报答一次。

毛扬听了这话，理亏似的，轻轻地说，别这样，老陶，我也是举手之劳。

老陶仿佛没听到，自顾自从胶袋里掏东西，成捆的蔬菜，腌肉，养在水笼里的一尾大鱼。甚至，他还从袋里拿出一只大铁锅和一把缺了口的铁铲，说，我使得惯自己的。这套家什，十几年没用了。

并不止是炊具，老陶连佐料都带了来。我们眼看着他进了厨房，起了锅，下了油，叮叮当当忙活起来。我只在电视上，看过大师傅的颠炒烹炸。老陶一招一式，并不是十几年没掌勺的样子，让我开了眼。案板上切起菜来，也是干脆利落，手法娴熟到让人眼花缭乱的地步。他只管做他自己的，当我们不存在似的。看得我们兄弟两个，大眼瞪小眼，这是刚才那个窝窝囊囊的老陶吗？

这样忙活了半个多小时，厨房里传出了香味，我嗅了嗅鼻子。老陶陆陆续续地将菜端上来了,端上一道,就报一个菜名。

扒皮鱼,菊花冬笋,清香砂焐鸡,徽州圆子,腐乳爆肉,皱纱南瓜苞,纸包三鲜……

最后一道,是"李鸿章大杂烩"。说完,老陶舒了口气,我们也知道他大功告成了。

老陶在围裙上擦了擦手,用热水在锅里荡一荡,洗净。就开始收拾东西,齐整整地,仍然放进胶袋里。不过这只胶袋是瘪下去了。

毛扬嘴里道辛苦,赶紧让老陶入座。

老陶看到摆在面前的一副碗筷,正色说,毛秘书,你这是开玩笑,哪有厨子上桌的。

说完,将袋子往肩上一搭,说,我走了。就打开了门。

这走得,算是雷厉风行。毛扬来不及说些挽留的话,我更是目瞪口呆。

待到毛扬想起来,追到电梯间里,老陶已经不见了。

他走回来,看着这桌热腾腾的年夜饭,愣一愣神,说,毛毛,吃吧。正宗的徽菜。

年初八的时候,毛扬说要去瞧瞧老陶。老陶好喝上几杯,毛扬拎上了公司过年发的两瓶汾酒。见我百无聊赖,叫上一起去。

路上说着,才知道,年前的时候,毛扬活动了一下,帮老陶在公司里安排了一个门房的差事。老陶不是没在这儿打过工,这几年,为了一个"说法",公司上上下下的,其实有些怕了他,避之不及。毛扬又是拍胸脯做了担保,人家才接收下来。

远远看到一排房,乌青的瓦,这是物业部给临时工安排的宿舍。毛扬找到门牌号,敲了门。半天,门咧开一条缝,探出个花白的头,是老陶。老陶见是我们,笑了,拢了拢衣服。这时早天光了,看老陶穿着内衣裤,披着军大衣。毛扬说,老陶,还睡着呢,我不进去了。这酒不错,悠着点喝。老陶眼睛亮一亮,嘴里感谢着,还是笑,笑得有些不自在。里面传出轻微的咳嗽声。老陶慌了神,侧身回头看过去,闪出一条缝。里面清清楚楚,一个女人坐在床上,引着颈子也往这边望过来。这回,老陶的脸红赤赤的,说,毛秘书……毛扬打着哈哈,说,老陶,晚上还要值夜班,别贪杯。

老陶突然蹦出一句,毛秘书,我,不访了。

这句话,蹦得突兀,却是承诺一样。其实,我至今仍不明白,也许毛扬也不晓得,是什么让老陶,放弃了走了二十多年的老路。

老陶就这么顶了一个老门房的缺,管起了公司里的报纸信件收发。我去找毛扬,他会跟人说,这是毛秘书的博士弟弟,老给家里争脸的。过了一段日子,因为老陶的恪尽职守,有知道他之前一些典故的人,也对他消除了成见。有人玩笑地叫他一声老信访,他也不当回事。那身旧军装终于也脱下了,穿了身整齐的中山装。眼见着,老陶胖起来了,脸色也红润了。

我赞了他两句。

老陶呵呵一笑,很神秘地说,我是有个人给我滋补,你还年轻,不懂得的。

逢到节假日,老陶总是送些家乡的土特产。让他不要送也不听。老陶是个有些犟的人,一根筋,对人好也有着某种固执。

过了大半年,一天毛扬回来,叹口气,说,这个老陶,唉。毛扬原是那种最怕是非的人,对于老陶的麻烦,是始料未及。那个山东男人,铁塔一样竖在面前,对着老陶就是一顿海揍。恰巧有个领导下来视察,事闹大了。老陶挂着彩,被开除了。

其实，老陶和那个机电房的女工同居的事情，在公司里是公开的秘密。在中国南方的大城市，这种事情，渐渐是你情我愿，不伤大体的。熟识老陶的，觉得他有了女人照顾，有个家，哪怕是个临时的，能拴住他的心，不让他乱跑，也是他前世积德。而这女人，在县城里是有老公的。这做老公的，从老乡那里听说了自己的女人在城里打工，不老实。当夜赶了火车过来，打了老陶算白打的，不知怎么竟还找到了毛扬，一把鼻涕一把泪，把他女人说成了个女陈世美。保安要将他架下去，他就耍了蛮，将自己卡在电梯上。那女人呢，却也是个烈性子，口口声声说自己和老陶是真感情，要和这男人离婚。两个人，就在楼下对打起来。这天，公司里头给这对夫妻闹得不消停。

这个大家唤作彩姨的女人，还真是有血性，跟是跟她男人回了老家，当真就把婚离了。临来带了个男孩子，说老家待不下了。只要老陶要她，跟着浪迹天涯也成。就算是跟着他信访，也无怨无悔。

这话旁人听来好笑，内里却很酸楚。毛扬问老陶的打算，老陶沉默了，张一张嘴，又合上，难以启齿似的。说自己除了会炒菜，也没别的本事。毛扬说，那要不就开一个徽菜馆，我以前跟你提过。老陶说，也这样打算过，就想在关外租下一个大排档，先做一做，地方都选好了。只是这几年，没点积蓄，头两月要预付的租金，还差将近一万。毛扬听明白了，说，老陶，你不用和我拐着弯子说话，你有困难，我当然要帮。当即就去了银行，取了钱来，对老陶说，要紧的，你别委屈了人家。老陶说，是是，毛秘书，你是个大好人，我不能不争气。

这一年又到了立冬的时候，我收到一个朋友发来的邀请函，说在蛇口办了个装置艺术双年展。我就拉了毛扬去看，场地是个巨大的废弃仓库，破破烂烂的。这些年，国内的展览选址都兴起这个，好像越颓废越美丽。毛扬认真地在仓库里走了一圈，然后对我说，看不懂。我说，有什么不懂的。他说，看不懂这些东西想表达什么，都是你们知识分子的玩意儿。

突然他说，不如去瞧瞧老陶，他的大排档，就在附近呢。老陶早先留过一个地址，让我们去坐坐。毛扬记在手机里了，在顺阳街。不过真找到还是费了周折，原来在码头附近。远远地，就看见彩姨麻利利地在收拾一张桌子。旁边已经有客人站着在等。这是午饭的时候，看得出，生意很不坏。摆在露天的台，张张都是满的。毛扬就有些高兴，说老陶这一步是走对了。彩姨看是我们，眼里都是欣喜，手却没闲着,沓起一摞碗碟,说我这就喊老陶去。毛扬说,没事,你们忙着,生意要紧。我们就跟她走进去,里面是厨房。老陶正在颠大勺,我们等着他烧完一道菜。毛扬喊一声,老陶。他看过来,赶紧用围裙擦了擦手,跟我们握一握,说,外面坐,里面烟熏火燎的。出来的时候,老陶叼了根烟,招呼我们坐定,嘴里含含糊糊地喊,来瓶"剑南春"。毛扬说,老陶,你嗓门可是大了。老陶抚一把自己的脸,说,毛秘书你看我,都有双下巴了。"脑袋大,脖子粗,不是大款就是伙夫。"粗人哪能没个粗相呢。先坐着,我给你们整条苏眉去。毛扬就说,老陶,也做起粤菜啦?老陶说,那叫个什么,与时俱进,在这儿,徽菜可不如海鲜好卖。

彩姨眉开眼笑地过来上酒。这是个勤快的女人,心也实在。凡她经过的地方,整整齐齐,是要好好过的样子。热热闹闹的,做的是这一带打工仔的生意。墙角的台,有人爆出一句粗口,周围就有人哄笑。有个客手不老实,在她臀上抓一把,彩姨手里拎着一箱青岛啤酒,脸上还要赔着笑。

说是生意好,我和毛扬都看出这生意不好做。彩姨只是说好,似乎满足得很。突然她挂了脸下来,嘴里一句呵斥,是冲着远处一个玩耍的小孩子。那孩子七八岁的样子,最皮的年纪,在桌子底下钻来钻去。拎起桌下客人没喝完的酒瓶底子，扬起脖子就是一大口。老陶呵呵一笑，说，这小小子好酒量，倒是像我。彩姨说，是像他老子，他老子人再怎么孬，这小东西也是山东人的种，哪有不能喝的理。

老陶进去小解，彩姨过来跟毛扬说，毛秘书，有个事，你帮我跟老陶说说。老陶这几天，跟那边码头上的工人打扑克，是来钱的。

毛扬说，是吗？这个老陶，怎么又沾上了这个。赌可沾不得，是个无底洞。赌得大不大？

彩姨说，倒也不大，每次也就十块八块的进出，他倒是赢的时候多。

毛扬想了想，说，不大就算了。他也闷，小赌怡情。

彩姨说，哦。

她一边收拾桌上的碗碟，一边终于忍不住地又说，可是，破家值万贯，你还是跟他说说吧。

毛扬说，行。

临走毛扬就跟老陶说了。老陶应允着，一边呵呵笑着，说，这个女人，看她是个大手大眼的泼辣人，倒是也会打小报告。

回来的时候，毛扬说，老陶早该做餐饮。有一技之长，早些年做，说不定都开分店了。

五月的时候，毛扬接到一个电话。是榆木头收容站的。电话里的声音不客气，问毛扬，认不认识一个叫陶汇泉的。毛扬说认识。那边就说，行，那你带了罚款来把人领走。对G省的外来人口，榆木头是个不祥之地，专门收容三无人员，然后遣返原籍。电话那头说，前一晚，派出所连锅端了一个赌局。其他人都有证件，交了罚款走人了。这个陶汇泉，连个身份证都没有，直接就给送进了收容站。问起亲属，他只说得出毛扬的电话号码。

二妈很生气，说毛扬你官还没当上，倒学会为民做主了。碰上这么个不省事的人，你自己收拾吧。

我说，二妈。哥是好心。不是他，这个老陶还在没日没夜地上访呢。

二妈就哼了一声。

毛扬说，算了，我去一趟吧。他是把我当救星了。毛果，你去帮着看看彩姨，这母子俩，不知急成什么样了。

我去了蛇口。大排档没开张，清锅冷灶的。彩姨拿着把塑料刷子，蹲在地上擦地砖。看到我，说，老陶不在家，进货去了。去了两天了，还没回来。

我想一想，就把事情跟她说了，叫她不要急，毛扬正去了那边领人。彩姨听了，也不言语，愣愣地，半晌，突然"哇"的一声哭了。

我一时不知说什么好，只好坐在一边，看着她哭。倒是过了一会儿，她站起身，说你这大老远的，没吃饭吧，我给你下碗面去。说着就走进厨房去了。

这天下了雨。雨水顺着大排档的石棉瓦棚子，滴滴答答地流下来。棚子里漾着一股霉味。我看雨住了，想走到外面去。推开帘子，一个女人拎着个扫帚疙瘩，正往里面探头探脑。见我出来，赶紧弓下身子，扫起地上的雨水。我看了她一眼，她就迎上来，脸上是似笑非笑的神气，小声问我，那个老陶，是给抓进去了吧。我心里奇怪，问，你是谁？她还是讪笑着，说，邻居，邻居。说着埋一下头，却又问我，是不是啊？我有些厌烦，说，这是人家的家事。

她很不以为然地说，我早知道他要出事。什么家事。我是看我家老杨看得紧，要不也摸上他婆娘的床了。

我一惊，说，你不要乱讲话。

那女人嘴一噘，说，天地良心。我乱讲话？码头上的人都知道，那个老信访，不是条汉子。

她见我定定地看着她，仿佛受了鼓舞，就一路说下去。

原来，老陶沾上赌，不是一天两天的事了。起初是和四周围的码头工玩纸牌，后来是掷骰子，再后来就是一桌一桌地在大排档开麻将。也不知怎么的，他开始运气很好，或者说技术不错，玩什么总是赢。他就逢人便说，我信访了二十几年，最后输掉了。活该现在要我一点一点赢回来，这就是天理。

可是好景不长，渐渐地，运气走了，开始输多赢少。和所有的赌徒一样，想扳回局面，老陶赌得越发凶了，几百几百的一局。再往后，就是上千块了。然而，大势已去似的，老陶成了大输家。他自然是罢不住手。近一年开大排档的钱，渐渐地都给他输了进去。每次找彩姨拿钱，彩姨不给，他就在外面借，让债主上门找彩姨讨。彩姨原是个爱面子的女人，性子又烈，就跟他寻死觅活，一点用也没有。他说，你跟我过不了，回头找你男人去。这是这女人的痛处，就任他去胡闹了。后来差不多输光了，这大排档的铺面是租的，没的输。他一狠心，就跟一帮男人说，赌他的婆娘。这急红眼的话说出来，收不回去了。他又输了，赢家是个打工仔，当真就跟着他回家。彩姨听清楚了缘由，冷笑一声，将老陶踹出了门，把打工仔拉进了屋，冲着院子喊，姓陶的，你有种，这倒是无本的买卖。老娘我跟谁睡不是睡，反正你也不是我正经男人。这倒好，你不用败家了。打那以后，赌赢了给他钱，下次又赌进去。赌输了，就把男人们带到他家里，跟他婆娘上床，有时候，是好几个男人。输得大了，那男人还能跟他女人过夜。

女邻居撇了撇嘴，说，他还好意思把他家的男娃娃支到我们家来睡觉。邻里邻居的，倒是我们不好意思不答应。他就蹲在外面抽烟，来来回回地走。我们在屋里都听得清楚。你想，哪有不沾腥的猫。这码头上的男人，都争着跟他赌，为了赢他，还出老千……我是看我男人看得紧……

这时候彩姨出来了，手上端着一碗打卤面。那女邻居咿咿呀呀地打着招呼，走了。彩姨狐疑地看着那人的背影，问我，她说什么了？

我说，没，没什么。

彩姨鼻孔里发出不屑的声音，故意放大声量，说，一张屄嘴，能说出什么好的来。这前跟前的，我无所谓了。

我说，彩姨……

这中年女人说，我就是无所谓了，我一个老娘们儿。突然她咬咬牙，我现在知道这个姓陶的，不是个人。她指指远处在玩的男孩子：不是带着这个拖油瓶没人要，我早就离开他了。

晚上快十一点的时候，毛扬和老陶回来了。老陶脸上有伤，衣服也破了几处。看得出，是在收容站里吃了苦头。彩姨看他这样，脸上动一动，回过身去。

老陶走过来，慢声轻语地说，自己是正正经经去进货的，只是受了一个同伴的蛊惑，顺便赌了一把。没想到才开局，警察就来了。

彩姨还是不说话。

老陶冲她"扑通"一声跪下了。

毛扬拉了他一把，他不起身，说，男儿膝下有黄金。哪能说跪就跪，说起就起。

毛扬说，大家一个让一步，给个台阶下。

彩姨没有回头，终于很冰冷地说，你起来吧，我去做饭。

老陶叹一口气，对毛扬说，毛秘书，我痛改前非，要不真不是个人了。

老陶又开起了他的大排档。

日子流水似的，转眼又过去了半年。入冬的时候，毛扬升了职，做了科长，晚上更是不着家了。

这天晚上，来了个人，手里拿了个信封，说是要给毛秘书。看来这人有阵子没见过毛扬了。

二妈打开信封，一看是一沓子钞票，赶紧合上，塞回那人手里。说，有什么事，到毛扬单位跟他谈。

那人说，您误会了。我是陶汇泉的战友，他托我还钱给毛秘书。

二妈只是一径将来人往外推，说，我不管，有什么事，你跟他本人讲。钱的事，我们做家属的担待不起。

我说，二妈，老陶是找哥借过一万块呢。

我走过去，接过那个信封，对那人说，老陶，他还好吧。

那人叹口气，说，好什么，进去了。

我说，啊，他，他又去赌了？

那人摇摇头，说，这回不是，出了人命了。

我和毛扬在看守所见到了老陶。

远远地隔着玻璃，看守将一个头发花白的人押过来。老陶抬起头，见是我们，返身就要回去。看守顶了他腰眼一下，说了句什么。他只有老老实实地过来。

老陶用手掌遮住自己的脸，许久才拿下来。对毛扬说，毛秘书，我……

毛扬说，老陶，你怎么这么糊涂呢。

老陶没说话，终于呜呜地哭起来。

彩姨精神失常了，给她的山东男人领回去了。她只是喃喃自语：报应，报应……

老陶说，是报应。自己在酒里掺甲醇的事情，她也知道。她想这些顾客，里头也有睡过自己的。这么一想，心里也就没什么过不去的了，还说，好歹喝出一两个肝硬化。

老陶说，他只是太想补上店里的亏空了。这甲醇，附近的馆子，人人都掺。他想人家能，他为什么不能。都说这玩意儿能喝死人，几个月了，也没见有客人吃着吃着饭给撂倒的。

老陶说，一大桶工业酒精，给他封得严严实实，塞到了床底下。彩姨那捣蛋儿子竟然还钻得进去，把盖子掀了喝。八岁大的孩子，发现得再早，也救不转了。

老陶说，毛秘书，你说，这不是报应，是个啥。

回来的时候，在长途大巴车上，毛扬没有说话。夜色浓重起来了，外面起了寒，车窗里头蒙了一层雾气。毛扬将头贴在椅背上，手指在玻璃上划来划去。他手放下了，我看见歪歪斜斜的三个字——陶汇泉。

戏 年

楔子

回想起来,我是幸运的,出生在七十年代的尾巴上,这是个饶有意味的尾梢。注定要交接到一个翻天覆地的开端。说起来,这代人的电影经验是最为动荡的,时时地推陈出新。脑海里的影像,也仿佛嘉年华,重叠时间,共举盛事。

中国民间有个古老的风俗,叫作抓周,以婴孩的一时冲动私订了终生。贾宝玉当年抓了脂粉钗环,活该是贻误了一辈子。这自然是大大的武断。我母亲是个顶文明的人，在老家里有苗头为我做前途测试的时候，及时地对封建迷信予以了抵制。不过在我长到半岁的时候，在床上爬来爬去，自己将这个测试完成了。在长辈们看来，我所做的事情，带有悬疑的性质。我也不清楚我出于什么企图，要将一张黑白画片涂了个别致的满脸花，引起了相当大的争议，舅舅试图说服大家我会成为一个文字工作者，外婆否定了他的肤浅见解，因为自来水笔的笔走龙蛇，路径奇诡，她联想起了在大学里做艺术教授的祖父，断定我会继承衣钵，走上书写丹青的老路。如今，家人一致认为这场测试十分靠谱。那张画片因被外公妥善保管，至今健在。去年时拿给我看了，我自己却看出了新的端倪，被我涂了满脸花的，是武生泰斗谭鑫培，人称"小叫天"。那张面目模糊的图片，正是戏曲电影《定军山》的剧照。《定军山》诞生于1905年，北京的丰泰照相馆拍摄，是中国的第一部电影。

　　这个重大细节，当年被所有的长辈忽略。我心中不禁产生澎湃的联想，如此一来，我的个人史曾经与中国电影史产生过奇异的接轨。回首前事，很多关于影像的经历开始清晰，在目如昨。

童年：木兰·电影院

木兰阿姨是父亲的学生。

爸爸在那个边远的文化馆的短暂工作，是一个意外。人一生中有许多的意外。这些意外，有时是一种造就，有时候却也就将人磨蚀了。然而，时间是微妙的。当人们将这种意外过成了日常的时候，造就与磨蚀就都变得平淡与稀释，不足挂齿。

在中国的七八十年代，于很多人的意外都已变得风停水静。我的父亲是其中的一个。他在过早地经历了人生的一系列意想不到后，终于无法子继父业。选择了他并不爱但是令人安定的理科专业。然而，大学毕业后的又一次意外，他竟然找到了一种可接近理想的东西。他又可以与纸与画笔打交道，是那样的顺理成章，甚至堂而皇之。对于一个九岁可以临摹西斯廷圣母的人来说，这一切都来得有点晚，又有点牵强，但是已足以珍惜。所以，他如此投入地将他经手的宣传画、伟人头像以精雕细琢的方式生产出来，以一种近乎艺术家的审慎与严苛。父亲保存着当时的很多素描，是些草稿。草稿丰富的程度，解释了他工作成绩的低产，也拼接出了我对于文化馆这个地方的回忆与想象。在很多年后，我看了一部叫作《孔雀》的电影。那里的文化馆是个令人意志消沉、压抑与阴暗的所在，与我记忆中的大相径庭。我的文化馆是颜色明朗而温暖的。

父亲在三十七岁的时候，第一次代表馆里参加了画展，引起了小小的轰动。这张叫作《听》的油画已不存在，但是留下了一张彩色的照片。油画的背景是一片葱绿的瓜田。有一个满面皱褶的老农叼着旱烟袋，含笑看着一个穿白连衣裙的年轻女子。身边摩托车后架上夹着写生画板，暗示了她的身份。女孩的手里捧着一个饱满的西瓜，贴着自己的耳朵，做着敲击的动作。神情专注，几乎陶醉。现在看来，这张画有着浓重的"主旋律"意味。却为我年轻的父亲赢得了声名。木兰阿姨来到我家里的时候，手里正举着这张照片。她目光炯炯地看着我父亲，说，我要跟你学画。木兰阿姨拜师的举动，在现在看来有点唐突。父亲有些无措地看着我目光警醒的母亲。这时候，陌生的年轻女孩将三张电影票塞到我母亲的手中，说，好看得很。

我不知道，这算不算一种收买。但由此而引发的好感，却是实在的。那部叫作《城南旧事》的片子，对我是最初的关于电影的启蒙。

当我跟着父母走进这间外表略显破落的影院，电影刚刚开始不久。在色泽温暖的银幕上，我看见了一个小女孩大而纯净的眼睛,并且深深地记住。同样纯净却丰厚的是二三十年代的北平。昏黄萧瑟的秋。骆驼、玩伴、学堂,构成了最简洁而丰厚的旧城。这双眼睛忧愁下去的时候,是为了一个年轻人。耳边响起柔软哀婉的童声旋律,这童音逐渐远去,为阔大的弦乐所替代。银幕下的孩童却被这异于现实的影像与声音打动,几乎热泪盈眶。多年后,再次听这首叫作《送别》的歌曲,才恍然孩提时对于其中内容的无知,更不知道词作者是大名鼎鼎的李叔同。大约打动我的,只是这歌声的内里,叫作人之常情。

> 长亭外,古道边,芳草碧连天。
> 晚风拂柳笛声残,夕阳山外山。
> 天之涯,地之角,知交半零落,
> 一觚浊酒尽余欢,今宵别梦寒。

这便是给我留下美好印象的第一部电影,虽然这印象其实已有些模糊。

散场的时候,我们走到影院门口,看到叫木兰的年轻女子,急切地走过来。她这时候穿着石蓝色的工作服,白套袖已有些发污。上面溅着星星点点的墨彩。头发用橡皮筋扎成了两把刷子,倒是十分干练。声音却发着怯,问:好看吗?

戏年

妈妈说，很好看，谢谢你。爸爸的眼神有些游离，落到了她身后的电影海报上。爸爸问："是你画的？"一问之下，木兰阿姨好像很不安，手指头绞在了一起，轻轻应，是的。爸爸又看了一会儿，说，蛮好。比例上要多下点功夫。

木兰阿姨抬起头，眼睛亮一亮。然而，依我一个几岁的孩童看来，这画和"蛮好"也还是有些距离。画上色彩是浓烈而乡气的。构图的即兴，也令画面芜杂。人物的神情似乎也变了形。那瞳仁中的纯真不见了，变成了一双成年人的世故的眼，透射着近乎诡异的懒散。

爸爸微笑了说，周末来我们家吧，我借一些书给你看。

当我们已走出很远的时候，我回过头，看见木兰还站在海报下面，眼里闪着星星点点的光。

地区电影院的美工容木兰，就这样成为我父亲的学生。

以后的日子里，我们都喜欢上了木兰。大家似乎都有些忘记当初她拜师的唐突举动。木兰阿姨其实是个天性随和谦恭的人，并且，很寡言。她多半用微笑来表示欣喜，用点头表示肯定。以后，我们发现，她将学习这件事情看得十分郑重。即使在影院加过班，无论多么疲惫，也要换了干净的衣服，才肯出现在我们家。她会带了自己的习作来，将拿不准的地方用红笔勾出。依然不怎么说话，总是将自己的问题列在一张纸上,请父亲解答。在我们家,她不怎么动笔。但有时候,却仅仅为了细节,比方一只手弯曲的弧度,反复地琢磨。老实说,父亲并不是个天生的老师,很容易沉醉于自己的见解之中。所以对木兰的辅导也不算是很系统,每每点到即止。而木兰阿姨却是悟性非常高的学生。这是后来从影院海报质量上的突飞猛进看出来的。

当渐渐熟悉起来的时候,聊得也就深了些。木兰说,她其实是影院里的临时工。她说,影院的领导一直不太满意她,认为她画得"不像",她不太服气。后来,父亲终于弄明白,这其实是审美方面的分歧,就安慰她,说了很多关于"写实"与"写意"方面的道理。木兰笑了笑,说其实她不在乎,总有一天她会考上美术学院走掉的。说这话的时候,她眼神里便有一种坚强的东西。

刚入冬的一天,木兰来了,仍然是笑吟吟的模样。妈妈就玩笑地问她有没有什么喜事。木兰不说话,从背后拿出一顶帽子,扣在我头上。这是一顶绒线帽,海蓝的颜色。样式却很特别,有一个漂亮的搭带,是坦克兵的那种。木兰摸了摸我的头,说,咱们毛毛也来当回《英雄坦克手》。那是上个月刚看过的一部老电影,讲抗美援朝的,据说是根据真人真事改编。六十到八十年代初,这种题材永远都不会过时。当一回英雄也是男孩子们的梦想。我立了一个正,对木兰阿姨行了个军礼。妈妈接过来看一看,说,真不错,在哪买的,木兰说,我自己打的,照着电影画报做样子。妈妈连连赞叹。突然问,有对象了吗?木兰羞红了脸,说,没有。妈妈就说,这么巧的手,可惜了。要不真是男人的福分。妈妈看一眼正埋头读书的父亲,说,当年你老师连着三年戴我给他织的围巾,我这才嫁给了他。爸爸其实听得清楚,抬起头一句,可不是嘛,我算经受住了考验。

爸爸去上海出差,买了许多画册,多带了一份给木兰。黄昏的时候,还没到电影院门口,远远地,我被一张海报深深吸引。那幅海报是完全的黑白色调。依照当时流行的审美观,素得有点不近人情。但是有一双女人的硕大的眼,比例夸张地逼视过来。后面是些风尘仆仆的背景,内容我是全忘了。只记得爸爸说,画得好。海报底下的小个子女人还在忙碌。爸爸远远地喊,木兰。

木兰阿姨很惊喜地回头,将胳臂上的蓝套袖撸下来,头发剪短了,是个飒爽的样子。木兰说,老师。然后看到我说,你们来得正巧,在放新片子了,给你们留了票,带毛毛进去看。

阿姨,这是什么电影。我指着海报问。木兰犹豫了一下,说,这片子,不是给小孩子看的。妈妈问,这部不是说几年前就禁掉了吗?木兰说,没有,现在说是好片子,巴老先生都写文章支持呢。我们影院小,没放过。这回市里重放,领导要了拷贝来,我们就借一借光。票一早都卖光了。

后来我才知道,这部险些被禁掉的片子,叫作《望乡》,说的是二十世纪初一批日本妇女被政府送到南洋卖身为娼的悲惨遭遇。这是改革开放后引进的第一部日本电影,因为里面的裸露镜头,一时在国人心中引起轩然大波。多年以后,看了这部片子,这些镜头并无一丝亵渎,也无关情色,只是将主人公的隐痛更深刻了一层。倒是里面扮演年轻女学者的栗原小卷,清新温雅的形象,给人留下了深刻的印象。而木兰阿姨在海报上画下那双伤痛的眼睛,便也是她的。

爸爸说明了来意。木兰很欣喜,恭敬地伸出手接那些画册,却又缩了回来,说,干活的手,太脏了。这么好的东西,我得先洗个手。她一边收拾了活计,说,老师,你们也来我宿舍坐坐吧,喝杯茶。

从影院的后门拐过去,又下了几级楼梯。光线渐渐暗了下去。木兰阿姨的宿舍,在地下室里,大白天也要开着灯。灯是日光灯,打开了整个房间便是幽幽的蓝。不过七八平的一间屋,收拾得十分整齐,没有一点将就的样子。木兰打了盆水洗了手,给爸妈沏茶。屋里只有一张方凳,她便抱歉地请妈妈坐在床边上。妈妈坐下来，看到木兰在床头贴了许多张画报，似乎是一个男人。又看不清晰，便问，是谁啊？我却认了出来，蹦到了床上，嘴里大声说："从这儿跳下去……昭仓不是跳下去了？唐塔也跳下去了……所以请你也跳下去吧……你倒是跳啊！"同时举起手，"砰"地开了一枪。木兰阿姨吃吃地笑起来，说，毛毛是天才，学得真像。妈妈便也明白了，是杜丘啊。这海报上的，都是同一个男演员，凝眉蹙目，是日本的明星高仓健。他因为一部悬疑片《追捕》，成为了国人的集体偶像。甚至个人形象也引领了人民的时尚。他的板寸头、立领风衣，甚至他的不苟言笑，都成了男人模仿的对象。甚至我年轻的父亲都未能免俗，不过，我个头一米八的爸爸，穿着米色的长风衣，也的确是极其拉风的。《追捕》在当下看来，也仍然是极难逾越的译制片高峰，且不论这部片子难能可贵地云集了丁建华、毕克等一批配音大腕。单是影片中的台词，已堪称经典。比方我学的那句，又比如"杜丘，你看，多么蓝的天啊……走过去，你可以融化在那蓝天里……一直走，不要朝两边看……快，去吧……"谁能想到，这诗意的句子后面，深藏着罪恶与阴谋呢。

在些画报照片里，有一张剧照。背景是一望无垠的原野，杜丘和英姿飒爽的女主角真由美紧紧相拥，策马驰骋。然而真由美的脸却被另一张照片遮住了。那是张黑白的两寸证件照。上面是微笑的木兰阿姨，笑得有些僵。

妈妈也看到了，打趣地说，我们木兰要找的对象，原来是这样的。

木兰有些羞红了脸，却又抬起头，说，硬朗朗的男人，谁不喜欢。又问，师母，你觉得他好么？

妈妈想一想，说，好是好。不过电影里的人，不像个居家过日子的。

这年入夏的时候，放了假，幼儿园的小朋友们都散了伙。爸妈可没了空管我，木兰说，叫毛毛跟我去看电影吧。他老老实实地坐着，你们也放心，有我看着呢。从此，电影院里就多了个小马扎，我当真就老老实实地坐着，看那银幕上的悲欢离合，旦夕祸福。看完了，就提着小马扎回家去了。那阵子看的，差不多占了我这半辈子看过电影的一半多。

白天，多半放的是老电影，都是些旧片子。片子大都是黑白的。看电影的人不多，我安静地坐着，听着有些空旷的影院里响着洪亮的声音。它们如此的清晰，像是来自一些或美或丑的巨人。这些巨人有他们的世界，是我难以进入的。但是，我却可以去经历他们的命运，用眼睛和耳朵。

电影放完了，天也快黑了，我就回家去，该吃饭的吃饭,该睡觉的睡觉。

谁也没想到,有一种潜移默化的东西,却在这时静静地生长。虽然,它经常以一些出其不意的方式爆发出来。但对一个孩子来说,这段经历深刻的印象,似乎是难以磨灭的。而最难以磨灭的,又似乎是那些台词,它们开始频繁地出现在我的家庭生活中,造成对我父母的困扰。

我开始习惯于回到家,向父母做如下报告:"我胡汉三又回来啦",在父母的瞠目间,他们意识到这不过是电影《闪闪的红星》中的大奸角的一句台词。早上赖床起不来,我会向父亲请求援助,"张军长,看在党国的份儿上,伸出手来,拉兄弟一把。"这又是《南征北战》里的对白。当母亲开始有些絮叨我在不久前的尿床事件,我实在很不耐烦,愤然地用《智取威虎山》里常猎户的口吻做出回应:"八年了,别提它了。"母亲一时没反应过来,然后就看我迈着老气横秋的步伐,溜掉了。

爸妈摇摇头,说,这孩子有点小聪明,可是,要走火入魔了。

后来,我竟然和影院里的人都混得很熟。从卖票的小张,到影院的头头蒋主任。大家似乎都很乐意跟我打交道。一时间,小毛孩成了公众人物。不过,我最喜欢的还是木兰阿姨，"会画画"在我看来，是一件"真本事"，就像我老爸。蒋主任这样的，就只会吆吆喝喝地管人。更何况，木兰阿姨画"潘冬子"，都是请我当模特儿。看着自己的脸出现在海报上，别提多带劲儿啦。这天傍晚，蒋主任跟我说，"毛毛，木兰到哪去了？帮我把她找过来。"我当时正忙于清点刚从他儿子蒋大志那里赢来的"方宝"。这是当时小男孩流行的玩意儿，实在没工夫搭理他，就很敷衍地说，等会儿吧。蒋主任就说，"小子，这是泰勒将军的命令，你敢不听？"我一听，好嘛，他居然引用了《打击侵略者》的台词。想想给他一个面子，就慢慢地站起来，说，"好吧。帮你一回，'看你可是秋后的蚂蚱，蹦跶不了几天了。'"跟我斗智，《小兵张嘎》我可是倒背如流。蒋主任脸凶了一下，我一溜烟地跑掉了。

找了一圈，还真不知道木兰阿姨到哪里去了。按理，她是个很敬业的人，这会儿多半应该留在二楼的美工室里孜孜不倦。可是，桌上摊着大张的纸，广告色瓶子都打开着。纸上是个画了一半的老头儿，只有个轮廓，脸相却很阴森。

我终于想起来，跑到木兰宿舍门口，影影绰绰的，里面有些光。我一边拍门，一边喊："木兰阿姨，老蒋找你有事。"里面突然发出了很细微的声响，过了一会儿，木兰阿姨把门打开了，脸色红扑扑的，说，毛毛，进来吧。我走进去,发现还有一个人,看上去很眼熟。我不禁脱口而出,杜丘!

这是个好看的年轻男人,穿了件白蓝条的海魂衫。高个子,壮实实的,长着密匝匝的短发、浓眉毛。面相有些老成,乍看还真像高仓健。不过,他可不像那个日本人整天苦着脸,对我笑呵呵的。

木兰阿姨笑起来:毛毛,这是武叔叔,咱们电影院新来的放映员。

年轻男人笑一笑,也不新了,半个多月了。

说完,他对我伸出了手,说,武岳。

我也很郑重地伸出手,他的手真大,使劲握了我一下。

我梳理了一下我在电影院的人脉,怀疑地问,我怎么没见过你。

男人说,我刚调过来,只上晚班。那会儿,你早回家了。常听木兰说起你,说你是个机灵鬼儿。

这是我第一次进入电影放映室,里面有些暗淡。伴着沙沙的声响,巨大的光束,投向了银幕。几乎能够看得见光束中飘动的烟尘。

原来,银幕上的影像、故事、人生,都来自这间灯火幽暗的放映室,来自这台安静的机器。电影胶片在镜头前缓缓地掠过,这一刻,近乎令我敬畏。

　　武叔叔拿起另一盘拷贝,准备换片。他做这些的时候,十分专注,几乎可以看到他额头上细密的汗珠。这时候的他,是没有微笑的。脸色沉郁,便真正酷似了高仓健的轮廓。

　　当沙沙的声音,又微弱而清晰地响起的时候,他便坐下来,嘴上叼起一根烟,看着我,重新又微笑了。

　　也是在这间放映室里,有了以后发生的事。

　　在我的眼里,武叔叔是个有"真本事"的人。因为他一个人可以操纵整个银幕的光影,同时控制几百人的视线。仅这一点,已经值得崇拜。

　　木兰阿姨在这个放映室里经常地出现,在我初看来,是十分自然的事情。是两个"有本事"的人之间的惺惺相惜。然而,木兰阿姨来找武叔叔,似乎并非关于彼此技艺的交流,而大半是些琐碎的事情。有时候,只是为了送两根奶油棒冰给我们,又或者,是一碗冰镇的绿豆汤。

　　而这时的木兰也不是我熟悉的了。作为一个对衣着并不讲究的人,上了班,木兰四季都裹在一件很旧的工作服里。那衣服上总是挂满了琳琅的油彩。而这时候,却穿了雪白的在袖口打了褶子的的确良衬衫。头发也不再是用橡皮筋扎成

戏年　　157

两把小刷子，而是戴了同样雪白的发卡。这样一绺头发便垂在她光洁的额头上。我才发现，圆圆脸的木兰阿姨其实是很漂亮的。这是个漂亮得有些不像她的木兰。

她对于武叔叔的"本事"，也没有任何的好奇和求知欲。只是静静地看着武叔叔喝绿豆汤。或者间歇从放映室的小窗望出去，眼神空洞地看一会儿电影的情节。这时候，武叔叔也会和她说话，声音也变得低沉，并不是一个"硬汉"应有的格调。

回想起来，在放映室里的观影经验，印象其实有些模糊。大约因为视野的居高临下，又或者因为无法专心致志。

但有一部电影，是断断忘不了的，叫《少林寺》。这是我接触到的第一部香港投资的电影。但因为主演都是内地人，是没有什么港气的。十八岁的李连杰，有一种青涩的勇猛，举手投足间的浑然的趣味感，在后来那个国际化的Jet Li 的神情中，是鲜见的。

然而，关于这部电影，更深刻的记忆却是公映时的盛况。后来看了个统计，《少林寺》在全中国的票房超过一亿元人民币。比起现在的大片来，这也实在算是不俗的成绩。问题的关键是，当时的电影票价，仅仅是一角钱。

因此，这部片子的社会效应，真的可以用万人空巷来形容。在一个幼童的眼中，更多的感知大约就是街谈巷议。也有一些出其不意，比方，中国的"黄牛"——也就是非法倒卖电影票的票贩子，也是由这部影片应运而生。我亲眼看见老蒋和警察扭住了一个年轻人。那人在被带走时，似乎还吹了一声口哨。他的蛤蟆墨镜被立刻取了下来。其实是个面目清秀的青年，却有漫不经心的神情。多年以后，当我看到《无因的反叛》中的詹姆斯·迪恩，还会想起这张脸。然而，民间的流动交易却还在进行着。供求关系的市场规律，并没有被计划经济的格式所羁。一张《少林寺》的电影票，在物以稀为贵的情形之下，甚至可以换取紧俏的日用品，甚至手表。电影院的员工有极为罕有的赠票。木兰阿姨也分到了两张，送给了我的父母，同时抱歉地说，幸好毛毛已经是我们的老熟人了。

　　出于一个小朋友的虚荣心，我可以在放映室里看电影的特权逐步被外界所得知。幼儿园同班同学赵宏波脸上挂了谄媚的笑容找到我，捧上我一直想看的全套《铁臂阿童木》小人书。赵并非我的知交，我对他无事不登三宝殿的作风并不是很认同，但是出于礼貌还是问了他的来意。然后知道，他是想让我把他带进放映室。我虚弱地婉拒了一下，最后看在阿童木的面上，还是答应了下来。

　　然而，赵宏波的不守信用，让我感到头痛。说好一个人来的,但他却带来了他的哥哥赵宏伟和邻居小三。我很不情愿地把他们带到了放映室门口,武叔叔愣一愣,说,这么多小朋友啊。进来,快进来。说完就忙着去上拷贝了。虽然没有更多的话,已令我十分感激。这已经是当天的第四场。放映室只有一扇小小的气窗,在这初夏的时候,里面又有大灯烤着,已近乎一个蒸笼。武叔叔和另一个放映员都光着膀子,正忙得热火朝天。看得见汗从脊背上厚厚地流淌下来,也没有工夫擦。角落里摆着一只吃剩了一半的西瓜。

我们几个孩子,不知怎么了,这会儿都有些发怯。当电影开始的时候,我们便都忘了。"少林少林,有多少英雄豪杰把你敬仰;少林少林,有多少神奇故事到处把你传扬……"气势雄浑的片头曲,如今忆起,仍是激荡心头。这个"少林十三棍僧勇救唐王李世民"的故事,成为八十年代的经典,其实不是个偶然。因为,它几乎涵盖了中国人的所有的价值观念与信仰——忠诚、爱情、复仇、坚贞。那冷色调的背景下,是年轻的火热的理想。暮鼓晨钟。命运多舛的少年,冬练三九,夏练三伏。美丽的牧羊女,是纯真而苦涩的青春纪念。而最为青年们津津乐道的,却是电影主角的叛逆。至今记得觉远吃狗肉的情节,"酒肉穿肠过,佛祖心中留"。看似悖论的一句话,内里是中国人性情中难得的豁朗,几乎是充满了禅味。

电影放完了。我从窗口俯看着散场的局面。人流涌动，几乎可用壮观来形容。远处灯火阑珊，是八十年代的日与夜。

我坐下来，静静地坐在小马扎上等爸妈。

他们走进放映室。一同进来的是木兰阿姨，她轻轻地"嘘"了一声。不知什么时候，武叔叔已经坐在椅子上睡着了，头靠在机器上，嘴巴微张着。他的面色有些发暗，想是太疲惫了，脸颊上还有浅浅的胡茬。木兰停一停，捡起落在地上的衬衫，盖在他身上。我们走出去，将门轻轻带上了。

《少林寺》的热潮之后，影院平静了一段时间。后来老蒋就说，今年"送电影到乡镇"的指标还没完成呢。这阵儿没什么新片子，小武去跑跑吧。武叔叔说，"哦，跑哪儿？""先去江宁俞庄吧。"我一听要去乡下，就对老蒋说，我也要去。老蒋说，小毛孩儿，人生地不熟，要是老拐子拐了你咋办。你爸是干部，我可得罪不起。

武叔叔说，带他去吧，有我看着呢。城里孩子，难得去那看看。老蒋想一想，说，行，那你可得齐齐全全地给我带回来。武叔叔说，嗯。

电影院就出了辆敞篷卡车，装了器材。除了武叔叔，还有电工小张。木兰对老蒋说,我也去吧,搭把手。老蒋说,一个姑娘家,能搭什么手。木兰说,帮着搞宣传啊。音箱要是坏了,我就直接帮忙配音。你不是说我的声音像丁建华吗?

车就这么开出了城。开始大家都兴高采烈的,可是天热,渐渐精神就都有些蔫。武叔叔始终沉默着,抽他的"大前门"。一根接一根。小张问他说,武师傅哪里人?武叔叔说,西安。小张说,老远的地方哦。武叔叔就说,嗯。话就有些说不下去。再往前走,路就窄了。景物也变得疏落了,灰扑扑的。然后绿颜色倒是多了,整片整片地闯进眼睛。一头牛慢慢走过来,迎着卡车,不知道避让。我知道,我们的目的地要到了。

到了俞庄,是个挺旧的地方,有条河围着,到处都湿漉漉的。一个戴眼镜的乡领导来迎接我们。说难得年年蒋主任记挂我们。我现在去刷海报,晚上是什么片子。小张就说,《大篷车》,老片子了。乡领导就说,不老不老,在咱们这还是新片子。地方定好了,还在小学校的操场。

乡领导说,大老远来,先歇歇。武叔叔说,时间也不早了,先把幕布搭起来吧。说着,就脱了外衣,跟小张和司机将器材往下搬。

领导就竖了大拇指,说这小伙子,是个实干家。

傍晚,幕布已经支起来了,有点儿皱巴巴的。夕阳的光线照射过来,白帆布就变得黄灿灿的了。

这时候走过来个小姑娘,问我,放映机等会儿搁哪儿。我转头问武叔叔。他指一指,小姑娘就走过去,把两个小板凳一字摆摆好。我说,你干什么?她说,我爷爷让我来占个位置,说这儿看得最清楚。她抬头看我一眼,说,你城里来的吧。我问,怎么?她说,城里人说话口音发虚。城里最近在放什么电影?我说,刚放了个《少林寺》。说完,就嘿嘿哈哈地给她比画了几招。她就有些遗憾地说,那到我们镇上电影院,得秋天了。我们就这么你一言我一语地聊起来。小张就说,好嘛,我们毛毛交上小女朋友了,比我都强。木兰阿姨听了有些不高兴,说什么呢,把小孩子带坏了。

天擦黑的时候,操场上的人渐渐多起来,携家带口的。我才知道,夏夜里的露天电影,对这里而言,是一桩盛事。武叔叔把放映机固定好,又忙着装发电机。我看到木兰阿姨走过去,拿出手帕,在他额头上擦一擦汗。终于弄停当了,打开机器,白色的光束"哗"地打出来,打到幕布上。操场上响起孩子们的欢呼声。有些小手放在光束里头,幕布上便有无数的黑色的手影子,欢快地跳跃起来。

这时候,武叔叔轻轻地微笑了一下。

当幕布上开始闪动字幕时,人声便安静了下去。带着异域风情的音乐急切轻快地响起,因为操场的阔大,音箱发出的声音便袅袅地散播开去。

在现在看来,这或许是个富家女和穷小子的俗套爱情故事。情节与桥段都差强人意。但是,这部印度宝莱坞最早期的经典作品,却深深地吸引了包括我在内的所有观众。在晚凉的夜风中,人们体会着女主人公苏妮达惊心动魄的冒险,体会着她爱情的甜蜜与苦涩。那些简朴而奢华的瑰丽色调,那些吉卜赛式的明朗乐曲,那些不断复现的载歌载舞的场景。在剧情紧张的时候,人们屏息听着对白。突然一个小孩子无缘由的哭声响起来,紧接着是大人的训斥。人们便用起哄的声音表达着不满。但是,很快又为着主人公命运的多舛,开始叹息与扼腕。当苏妮达与莫汉有情人终成眷属的时候,全场响起了掌声。

环顾过去,这掌声经久不息。来自银幕前、墙头,甚至树上。大人们、孩子们各据一方,休戚与共,是由衷地对人性的赞美。在这浓重的夜色里,形成一种热烈的气流,扶摇而上。

回城的路上,因为还沉浸在剧情里,气氛就活泼了一些。小张说,我们四个人,也是一架大篷车。武叔叔说,"好,那我就认毛毛做我弟弟莫托。"木兰笑一笑,轻轻哼起电影里一支插曲的旋律。这首歌曲仿佛欢快热情的基调后,有一缕余韵,来自那个叫作莫妮卡的舞女。哀伤婉转,低回不已。大家便都安静下来,听着,和着,随着车的颠簸摇摇晃晃地踏上了归途。

这一年的夏天,有一个漫长的雨季。雨并不很大,但却淅淅沥沥的没个停。电影院的票房也受到了影响。白天都改了下午场。从放映室的窗口望过去,也并没有几个人,稀拉拉地点缀在座位的群落里。放的,也多半是老片子,《卡桑德拉大桥》《地道战》《远山的呼唤》《叶塞妮娅》。多半也是调子有些悲凉的。除了喜剧《虎口脱险》里那个著名的机关枪手,在很多年后,他的斗鸡眼仍然在我的脑海中挥之不去。

这些片子循环放映着,渐渐有些沉闷。

武叔叔也闲,就说,来,咱放电影玩。说着就从电工包里拿出一个大号的手电筒,然后把灯关了。打开电筒,墙上就是一个硕大的圆形的光影。武叔叔让我拿着电筒，自己将手摆出形状来，笼在手电筒的光圈里头。墙上便出现了一只狗头。这狗竖起耳朵，抖了抖毛，好像刚从水里爬出来。吠了两声，便在光影里遁去了。这时候，却又出现了一个鸟巢。武叔叔自己配音，鸟巢里便有"啾啾"的雏鸟的叫声，出现了两瓣嗷嗷待哺的嘴巴。接下来，雏鸟渐渐长成了幼鸟，虚弱地抬一抬翅膀，蹦跶了几下，身体一歪，却趴下去。然而它坚持不懈似的，还是站了起来，身形居然也舒展开了。再一振翅膀，腾空而起，在天空中翱翔起来。武叔叔笑笑说，这电影叫作《笨鸟先飞》。我不禁拍起了巴掌，学着《地道战》里汤司令竖起了大拇指，说，高，实在是高。

这时候门一响，进来一个人，是木兰阿姨。她嘴里抱怨，怎么黑灯瞎火的。我就兴高采烈地向她汇报说，武叔叔教我放电影呢。木兰阿姨就说，呵，自己才满师，就收起徒弟啦。我就跟她如此这般地说了一回。木兰便说，这是电影吗？充其量是个皮影戏。

武叔叔就宽容地笑一下，说，都是给小孩子玩的。

木兰说，来，毛毛，阿姨教你放个正宗的电影。

我不知道他们怎么在这件事情上打起了擂台。就作一作揖说，我倒是也想拜你为师，可是我已经有了武叔叔这个师傅了。你要是不嫌弃，我就叫你师母吧。

木兰阿姨听到这，极慌乱地抬一下头，却朝武叔叔看过去。武叔叔平静得很，还是似笑非笑的样子。木兰埋下头，在随身的包里翻来翻去，嘴里轻轻地说，乱讲。

她从包里掏出一个厚厚的笔记本。红底，面上还烫印着"工农兵"的图案。她对我说，毛毛，还记得《少林寺》吗？给我来一套长拳。

《少林寺》我是记得，却已经忘了长拳是哪一套。就胡乱地打了一气。木兰阿姨说，慢点儿打。我就将动作放慢了，眼睛瞥到她在笔记本上涂涂画画，涂一页，就迅速地翻过去，这样翻过去了许多页。木兰吁了一口气，说，好了，手都画酸了。

我就凑过头去，看见她在笔记本的每页的页角上都画了一个小人。笔画十分简洁，动作却不一样。

然后，木兰说，看好，现在开始放电影了。说着把大拇指放在活页的边缘上，一松开，纸页就刷刷地飞快翻过去。我就看到，页角上的小人竟然活了起来，随着翻动耍起了拳脚。一招一式，疾如电闪，颇有几分武林高手的风范。

这样我可乐了。将这个笔记本翻来翻去，爱不释手。突然停在了一页上，看到那一页画了张钢笔画，笔触很粗糙。

但还看得出是一个男人的半身相,穿着海魂衫。

后来我知道,从专业的角度,电影正是无数的定格,连缀而成。木兰阿姨是个懂电影的人。

湿热的天气,给一个儿童带来的或许只有烦躁。而在水汽与热度中,也会有一些别的酝酿。

这样的天气,大约也只适合放老片子。一对青年男女,在庐山上萍水相逢。面对名山大川,恋爱谈到了兴处,突然女的就喊出来:

"I love my motherland, I love morning of my motherland..."

当时我其实听不懂。但是后来懂了,觉得七十年代恋爱的人,心胸真是博大。这就是著名的《庐山恋》。

上影厂老导演黄祖模,不负众望,将一部主旋律的偶像影片拍得声情并茂。虽然只是定位为"风景抒情故事片",但却拍出了皆大欢喜版的罗密欧与朱丽叶。大约是因为"朱丽叶"更勇敢和果断,也更明朗些,这勇敢在影片的高潮处,便几乎惊心动魄。

张瑜对郭凯敏说出"你真傻,傻得可爱"时大胆的神情,和两人身着泳衣的场景一样令人难以忘怀。在这句话之后,张瑜轻轻地吻在了郭凯敏的脸上。

这浮光掠影的一吻,却令我一时间有些发愣。或许就是这部"中国第一吻戏"在一个孩童心理上造成了撞击。而在刚刚改革开放的中国,这"里程碑"式的一吻,所带来的社会影响,几乎称得上波澜壮阔。

我有些不知所措地回过头,却见到机器巨大的暗影里,木兰与武叔叔的头,紧紧地碰在一起了。

有一阵,妈妈说,木兰最近都没到家里来哦。
爸爸说,工作忙吧。
妈妈便说,现在不是淡季吗?也没什么新片子。
我说,木兰阿姨恋爱啦。
妈妈就训斥我,说,小孩子,乱讲话,你懂什么叫恋爱。
停一停,她却又问,和谁啊?
我突然想起了木兰阿姨的交代,就说,和杜丘。
爸妈迷惑地对视了一眼。我就不理他们了。

暑假过后。生活又陷入了无聊而充实的境地。八十年代的小孩子,无外如是。我开始上一个叫作"学前班"的东西，据说这个东西可以为我在小学的出类拔萃打下坚实的基础。这个学前班，对我生活格局造成的影响不可谓不大。

社交与娱乐因此减少是意料之中，甚至波及到了我与电影院的朝夕相伴。有时候，被爸妈接回家。路过电影院。不知道是不是秋天的关系，小小年纪突然感到了萧瑟。唯一的联络，似乎便是木兰阿姨的电影海报。它们还在变换着，让我想象着电影院里面发生的事情，那些光与影，人和事。

有一天，妈妈回来，说在商场买东西，见到了木兰。很感慨地说，木兰大变样了。烫了个大波浪，穿得也比以前好看讲究了。和一个男人在一起，可能是她对象吧。你别说，还真像杜丘。

听妈妈这样说，反而觉得木兰阿姨的样子有些依稀。有印象的，却是那件洗得发白的工作服上，星星点点的油彩。变好看的木兰阿姨，是个什么样子，却也一时想象不到。

再次见到木兰阿姨，是在这年深秋的时候。
房门打开着，我老远就看见木兰了，高兴得雀跃。木兰阿姨的眼睛亮一亮，却又黯然下去。嘴角动了动，却没有笑出来。妈妈倒了杯茶，说，木兰，不着急，先喝口水。

木兰站起身致谢。一缕长长的鬈发垂下来。木兰阿姨的确是烫了个大波浪，这一天却很凌乱，并不见得漂亮，反而让她看上去老相了几分。

爸爸坐在书桌旁，狠狠地抽了口烟。抬起头来，说，木兰，你得想想你的前途。

这句话打破了沉默。

木兰似乎叹了一口气，用很松懈的声音说，老师，我一个临时工，有什么前途。

爸爸的声音突然大了。说，你不是一心要考美术学院吗？怎么说没前途。

木兰说，也就是说说，哪这么容易。高中毕业都搁下这么些年了，文化课都不见得能过。再说，我家里都说，我是个女孩子……

爸爸的声音柔软了下来：木兰，老师既然收你做了学生，就希望你将来能好。你师母，一个老三届，功课荒了这么多年。就凭着一股拼劲儿，不是考上了大学？事在人为啊。

木兰喝了一口水,轻轻地说,我不想考了。

爸爸将烟蒂按在烟灰缸里,使了使劲。好像下了个决心,他用很和缓的语气问,是不是为了他?

木兰埋下头,手指绞在连衣裙的裙幅里。很久没说话。

爸爸说,你们蒋主任说了,这个武岳,是个有老婆的人。你得理智。

木兰阿姨愣一愣,声音低得好像在自言自语:他说了,他会离婚,和我结婚。我,我离不开他……

木兰阿姨说着说着,竟然用手捂住脸,呜呜地哭起来。开始还压抑着,妈妈走过去,拍一拍她的肩膀,轻轻将她的头揽在怀里。木兰索性放声大哭了。

爸爸嘴巴动了动,还要说什么,被妈妈的眼神制止住了。

武叔叔调走了。据说他老婆来闹过几次。其实也谈不上闹,据说是坐在蒋主任的办公室里就不走了,一言不发,只是默默流泪。

木兰阿姨留在电影院。老蒋说,这孩子脾气倔,还是个临时工,可是论本事,真找不着更好的。

路过影院的时候,木兰阿姨的电影海报还在变换着。偶尔看得见海报底下,是个矮小的女人身形,呆呆地立在那里，毫无动作。

这样过去了半个月，有一天，木兰阿姨又来了我们家。她的头发剪短了，格外的短，发梢齐在脖颈上面，几乎成了个男孩子头。额发却还是弯曲的，她好像有些不好意思，不停地用手去捋。这样短的头发，也并不是原来那个爽气的木兰阿姨。大约是因为眼神里的倦。

妈妈拉拉她的手，说，木兰，过去就好了，不管它了。

木兰点了点头，说，嗯。

她又在口袋里摸索，摸出几张电影票，说，师母，又来新片子了。带毛毛去看，香港的合拍片。

我们在星期天的下午，又走进了这家电影院。

这是个很好看的神话片，叫作《精变》，后来我知道，是根据《聊斋》里的《小翠》改编的。说的是个善良的狐狸精。因为要为母亲报恩，遭受了许多的误会、委屈，却对恩人不离不弃，也真是个倔强的狐狸。当时就觉得这只狐狸很美，便很为她受到的不公正待遇而不平。多年以后，偶尔再看到这部片子，倏然发现，原来狐狸精在后来红遍大江南北的电视剧《西游记》里扮演了高老庄的高小姐，而她的恩人却扮了唐僧，一时间，只觉是乱点了鸳鸯谱。这电影的结局，本来应该是大团圆的，苦尽甘来，却终究留下遗憾。

走出影院的时候,木兰又急急地走过来,还穿了那件缀满了油彩的工作服。轻轻问我们:好看吗?

妈妈笑着说,很好看。

那时候,在同样的地方,也是一个女孩子这样问我们,声音里发着怯。

木兰阿姨在这天的黄昏出了事。

她在钉海报的时候,从木梯上摔了下来。送到医院的时候,还昏迷着。醒过来,医生告诉她,她的胫骨已经折断了。

我们去看她。木兰阿姨从病床上坐起来,抬起胳膊,伸出两只手,抓住了爸妈的手,说,老师,师母……

妈妈背转过身去,却将木兰的手,握得更紧了一些。

这年冬天,爸爸调动了工作,离开了文化馆。我们要搬家了。

爸妈带我去和木兰阿姨告别。木兰阿姨还在影院里工作。影院新来了个大专生做美工。蒋主任留下她,做了勤杂工。

木兰阿姨还住在那个地下室里。还是暗得很,白天都要开着灯。

静静地坐了一会儿,木兰阿姨说,我有东西送给毛毛。她撑着床沿,有些艰难地站起来,从五斗橱上拿下一样东西,放在我手里。我捧着看了一会儿,轻轻说,大篷车。

木兰阿姨点了点头。

对,正是这个夏天,我在露天电影院看过的电影。女主人公乘着大篷车,跟着心爱的男人浪迹天涯。这小小的大篷车,用铁皮和铅丝编成。还用心地扎上了彩带,惟妙惟肖。

木兰阿姨说,是你武叔叔做给我的……我不要了,要也没用了。

我们离开的时候,木兰阿姨要送我们。妈妈说,你腿脚不方便,别送了。

我们已走出好远了,回过头,却看见木兰阿姨的身影,站在海报底下。这海报颜色斑斓得很,不是木兰阿姨画的了。

木兰阿姨对我挥了挥手,瘸着腿,又往前跟了几步。突然踉跄了一下,便站定,不动了。

少年：外公·好莱坞

外公，曾经是开五金厂的资本家。这是少年时代的我，并不知晓的。大约因为他朴素与温和的形象，在当时很难与这个词联络在一起。

外公终日穿着一件洗得发白的藏青中山装，推着自行车，往返于工厂和家。公私合营之后，他便成了厂里的一名行政人员。他很少谈厂里的事情，尽管这是他昔日的产业。

退休后的外公，本就是个寡言的人，更多是用行动来表达情感与见解。这个年纪的男人通常的爱好，他也是有的。闲暇的时候，和同伴们相约打门球，在自己的院落里修剪花草，黄昏的时候，搬来一把藤椅，看《参考消息》《后汉书》和一本昭明太子的《文选》。往往看着看着，就睡着了。外公有一把胡琴，兴起了，就自拉自唱一曲《黄金台》。唱完了，就摇摇头。这胡琴老旧，弦早就都断了。原都是上好的马鬃，现在却只能用细钢丝替代。拉出来的音儿，味道都不对了。

天好的时候，外公就把他的藏书拿出来晾晒。梅雨天生的书虫，最怕见太阳。我也乐得帮他的忙。这样就发现书堆里有一只匣子。锦缎的面儿，边角都有些发黄。打开来，手没拿实，呼啦啦掉出一堆画片。其实是些相片，捡起来，却全都是不认识的。是些漂亮的洋人，都有着令我陌生的神情与姿态。我指着一个脸部轮廓非常美的女人问外公，这是谁。外公侧过身体，眼里有一丝闪动。问我在哪里找到的。他从我手里接过照片，扶了扶老花眼镜，轻轻说，这是嘉宝。

在外公的眼睛里，我意外地看到了一丝柔情。这柔情并非家常的情感表达。而是，近乎于一种憧憬。他将这些照片拿在手里，一一告诉我，这个长着清澈眼睛的女人是琼·克劳馥。而这一张上面黑头发的女孩，曾经和这个成熟和善的男人拍过一部叫作《罗马假日》的电影。他叫格里高利·派克。格里高利，我重复了一次，不知道为什么，这个名字让我想起某种食物的名称。格里高利。外公将照片翻转过来，让我看后面非常繁复花哨的外国字。他说，这是派克的亲笔签名。他们都是好莱坞的大明星。

这是我第一次听到"好莱坞"这个词。我以为这是某一个国度，如同匈牙利与捷克。而这些照片上，英俊或美丽的人，便是它的国民。

因为自身的背景，外公属于一个叫作"工商联合会"的组织。按理比民主党派还要边缘。但是，因为没有太多方针大计的主题。其实在格局上更自由些。有时候，更像一种联谊机构，经常组织一些活动。外公参加的，一个是京剧票友会。在那里，可以见到许多老年的先生与太太。他们在穿着外貌上，和常人无异。甚至有的其实样子更落寞些。但一开嗓，便是石破天惊。总在墙角里坐着的一位老先生，听说曾经是一个小开。解放前为了捧角儿，将家产败了一个干净。这会儿倒是安安静静地听戏了。外公也不上台，只是听，别人问起来，他便好脾气地一笑，说，听听就好，不要献丑了。

我是个小孩子，那时候也不懂戏。这样和外公去了几回，终于有些失去耐心，便不去了。

另外一个外公经常去的，便是一种"电影观摩会"。定期的，在工人文化宫的一个偏僻的小礼堂。里面常常没什么人。大家都是拿一种叫作"招待券"的东西去看。进去了，人们相互点一下头，便参差地落座。灯光渐暗。银幕忽而亮起来。突然出现了一头仰面咆哮的大狮子，将我吓了一跳。

其实不用解释，这大狮子是某个著名电影公司的招牌。但是，年幼的我，并没意识到，这便是"好莱坞"的扑面而至了。

那次放的是一部彩色的原声歌舞片。我突然感觉到这和平常在电影院里看到的电影，是如此的不同。并不因为演员们在说一种不同的语言，而是人们的神态与腔调。还有节奏，那样迅疾、开朗与简单。缤纷或暗淡的背景。演员们踩着缭乱复杂的舞步，表达着欢乐、委屈、失意和重生。这仍然是个表现男女从相识、相知到相爱的故事。连同美好而似曾相识的桥段。但是，当时的我却全然忽略。只记得叫作"唐"的男主角，走在暴雨滂沱的街上，突然合起雨伞，任雨水流淌在笔挺整饬的西装上。接着，他扛起了伞，在雨中徜徉，唱起一首旋律优美的歌。脚下的舞步如同和着雨点的节奏，且疾且缓，全然不顾路人的目光。这一幕太动人，让我第一次领受到，什么叫作男人的"潇洒"。

这首叫作 *Singing in the Rain*（《雨中曲》）的歌曲，成为了一个世纪的经典，也是这部电影的名字。

从电影院里出来，外公推着自行车，载着我回家。夕阳的光，笼在祖孙俩的身上。我突然感到了某种生活的美好。外公没有说话，静静地走，然而不知什么时候，嘴里轻轻地哼起了电影里的旋律。 外公的声音，是一种很好听的男中音，和那个叫作吉恩·凯利（Gene Kelly）的男演员华丽的声线不同，这声音让人感到更为安全与温厚。我抬起头，看到年过六十的外公，眼睛闪烁出青春的光芒。这是我所罕见的。

这出电影对我造成的直接影响，便是在一个大雨的午后，我在楼下的水洼里将水踩得哗哗响，然后做出各种激烈而尽兴的动作。毁掉了一双新买的皮鞋。被我妈激烈地谴责和自责，说怎么生了这么个缺心眼儿的孩子。

记住另一个雨天，也是因为一出电影，也与歌曲相关，那支歌曲叫作《友谊地久天长》。在这个略显简陋的礼堂里，这首歌曾萦绕不去。而银幕上则是盛大的舞会场景。结尾却是人生苦短。《魂断蓝桥》（ *Waterloo Bridge* ）。滑铁卢桥，人生与爱情的滑铁卢，大约有太多的不可预知。这部电影的印象已经模糊，因为是配音版。至今记得的台词，是玛拉在车站见到服役归来的情人，百感交集的那句：

"罗伊，你活着。"

在我记忆里，费雯·丽是第一个与外公收藏的照片对应上的影星。她那双绿色的眼睛，狐狸一般俏丽的鼻翼，给人的印象太深刻。

在我们走出电影院的时候，天上下了细密的雨。

外公牵着我的手，站在门口。我抬起头，看灰蒙蒙的天。

一个人走过来，站在我们身边。是一个老妇人，头发已经花白。却穿着颜色鲜艳的旗袍。这在八十年代的中国,是很少有的装束。就算我的母亲,顶时髦的也就是一条布拉吉了。外公侧过头,愣一愣,并没有说话。脸色却有些暗沉下去。

这时候,有雨滴到我的领子里,我连着打了几个喷嚏。
老妇人将一把雨伞递到外公手里,说,走吧,孩子要着凉了。

老妇人打起另一把伞,上面有着蓝白色的斑点。远远地离去了。她走动的时候,旗袍在身体的曲线上漾起了褶皱。衣服便如同活了过来,在雨水的涟漪里盛放。这一瞬间,我突然感到了某种灵动的美丽。一个孩童的眼睛里,能够感受到的,一种最单纯的美。

十多年后,我看到一部叫作《花样年华》的电影。仍然见到这种服装不可一世的曼妙。但是,却也没有了感动的心情。

这身影在礼堂铁栅的拐角处消失了。

我抬头看看外公,他的目光似乎在更远的地方。外公回过神来,拉住了我的手,说,走吧。

回到家的时候,外婆正在下元宵。在氤开的水汽里面,外婆撩了一下齐耳的短发。转过头来，对我笑了一下，说，就好了。今天咱们吃芝麻馅儿的。

我爬到椅子上，从五斗橱上取下了一张照片。

我指着照片上的人说，外婆，你怎么不穿这样的衣服了。

外婆在围裙上擦一擦手，戴起老花眼镜，仔细地看了看，说，这怎么还好穿，外婆的旗袍，都被"破四旧"破掉了。再说了，外婆年纪大了，还怎么穿。

我再看一看，外婆有些臃肿的体态，已经不是这照片上的少女了。这少女是外婆的二姐，也是我的姨婆。小时候，大人们都说她嫁去了国外。其实是在"文革"的时候，吞了一把缝衣针死掉了。她的神情很严肃，但是，真的很美。

外公从我手里拿过照片，放回到五斗橱上。然后说，四十多年前照的了。

这次以后，外公有很长时间没有带我去文化宫。

直到有一天朋友来看望。说，老朱，怎么这么长时间没见你。下个星期的片子你准喜欢。《北非谍影》。记得吗，那时候在"大光明"，排队都买不到这出戏的票。

这天下午，就见外公推了自行车，去学校接我。我坐在后车座上,外公默默地推车。好像有些心事。我还注意到,外公穿了件藏蓝的中山装,簇新的。以前,只有去政协开会才会穿的。

小礼堂里,这一天坐满了人。竟然还有些年轻人,摇摇晃晃地走进来,都穿着时髦的牛仔裤,把屁股绷得溜圆。光线暗下来的时候,有人使劲地吹了一声口哨。但是毕竟没有人呼应,便识趣地安静了下去。

电影开始在一个乱糟糟的地方,法属摩洛哥的重镇,卡萨布兰卡。真是乱糟糟的,作为二战时候去美国的中转站。这里成了很多人去向攸关的地方。离开这里的全部凭证,就是一张通行证。这里也因此充满了暗杀、逮捕与黑市交易。大部分人的工作,都只有等待。漫长的,甚至无望的等待。

这些人里面,有一个异数。就是酒店老板里克。玩世不恭又运筹帷幄的派头,令所有人动心。然而他却有他不为人知的软肋。是那支叫作《时光流转》的歌曲,魔咒一般,记录了他和一个女人的过往。当这个女人和她的革命者丈夫维克多再次出现,也便是事件的高潮。

等待后的抉择,是伊尔莎和维克多在里克的帮助下双双离开卡萨布兰卡。有些伤感,但没有悲情。里克还是那个里克,运筹帷幄,冷静超然的感情主义者。这就是所谓的侠骨柔情吧。

在飞机起飞的一刹那，礼堂里竟然响起了掌声。是那些年轻人，控制不住的半大孩子气。

散场时候，外公站起来张望。人稀少下去。灯亮了，我这才看到，他手里多了一把伞。

祖孙两个走出门去。我一眼便看到了穿着石青色旗袍的背影。外公牵着我的手，我的手在他手心里紧了一下。

老妇人转过头，看着我们微笑。外公把伞递给她，然后说，那天，谢谢你。

老妇人说，不客气。

又低下头看我，问，你孙子？

外公这才醒过神，说，毛毛，这是姚奶奶。

老妇人又笑一笑，很和气，然而，脸上的皱纹也因此而密集，暴露出了她的年纪。她说，我也是个奶奶了。又说，这片子，配上了中国话，味道都不对了。

说完了，眼神便有些散，声音也轻下去：他们，就都是一个等。

外公动动嘴唇，终于没说什么。

晚上，外婆折起那件毛料子的中山装，说，你也好久没穿过了。又去开会吗?

外公使劲抽了一口烟,然后把烟头在烟灰缸里重重地碾灭了。

现在回想起来,这偏僻的小礼堂,似乎成为了好莱坞于我的启蒙胜地。虽然这一启蒙的过程并不似同龄年轻人的观影经历,那么顺理成章。大部分同龄人对好莱坞的认识,大约是在改革开放以后,与美国大片进军中国市场的步伐同步。那种认识的过程,是绚烂的,甚至有种惊艳的感觉。《廊桥遗梦》与《泰坦尼克号》,不可思议地成为了某种日常而不可忽略的话题。然而,我对好莱坞的认识,恰在曾经与未来两个辉煌的断层之间,有一种地下的状态。青黄不接,基调有些芜杂,甚至些许地落魄。那些突然间因为拷贝质量陈旧而间断的影像,或者是不很清晰的音效,都成为我对于好莱坞最初印象的集合。

这些电影在另一方面,出其不意地影响了我审美观念的塑成。当时中国的艺术氛围,依然是整体社会环境的投射。电影作为艺术,无法避免地也随之成为意识形态的艺术。尽管突破这种规限,成为一代电影人的努力,但的确是举步维艰。每一步小的突破,都可能在社会上掀起波澜。《被爱情遗忘的角落》对中国人情感世界的冲击;《庐山恋》里的一个轻吻，竟然被冠以"中国电影第一吻"的响亮声名，可见当时国人的惊心动魄。除了苏联，进口片基本上为两个邻国所垄断。一个是印度，一个是日本。当然更早一些是阿尔巴尼亚，随着与这个国家的外交关系的恶化，他们的电影也如同他们的香烟一样在中国销声匿迹了。然而，即使前两个国家的电影，在引进时也常常因国情制宜，被修剪了资本主义的枝蔓。

而男孩子们关注的，多数是战争片。本土的战争片，往往还留存着样板戏爱憎分明的传统。《南征北战》《英雄儿女》《地道战》。好人都是英雄的脸谱，浓眉大眼，刚正不阿。坏人倒是并未落入獐头鼠目的俗套，也算是坏出了特色。几个经典的反角，陈强、葛存壮、刘江。他们扮演的鬼子、伪司令、汉奸，深入人心，直到现在都在被津津乐道。自然，他们的结局都不大好，几乎是出现的时候就预见得到的。其中的所谓波折，也都是在为英雄的业绩打下更为坚实的基础。

然而，这种关于战争的成见，被一部好莱坞的电影所打破，这部电影叫作《西线无战事》。德国的新兵保尔颠覆了我所有对于英雄的印象。第一次打仗，吓得尿了裤子。战友们陆续阵亡，让他有关英雄的理想日益消沉，甚至绝望。在战争进入僵持阶段，西线平静异常。守在战壕里的保尔,看见战壕上空有一只美丽的蝴蝶飞舞。他爬出战壕,想捉住蝴蝶做成标本回家送给妹妹。这时一声枪响。保尔伸出的手颤抖了一下,猛地垂了下来。保尔是战场新兵的最后一个阵亡者。当天德国司令部战报上,写着"西线无战事"。

这一幕于我印象太深刻。斑斓的蝴蝶、流弹,与垂下的手。这是战争残忍暗沉的底色。炮火轰隆,冲锋陷阵。或许都是一瞬的辉煌,更多的还是灰烬。战争如同蛊,是因为惯性的伤害。而人性,本就是如此的多元与软弱吧。

这些对一个年幼的中国小孩,会造成某种影响。大概不会是太积极的东西。好莱坞为人所诟病的商业性,如电子配比般精确的情节方程式,自然还不是我那个年纪可以思考的。但是,它却向我展示了某种更接近于生活本质的东西。当我同龄的孩子们还在为国产电影心潮澎湃和欢天喜地的时候。我却为这种东西所刺痛,陷入了沉默。这一点是由我外婆首先发现的。因为我不经意地表达了对生活的最初看法,认为很"没有意思"。并不合时宜地引用了《巴顿将军》中那个充分暴露人性弱点的著名二战将领的著名口头禅,来概括了这种见解,就是:"狗娘养的。"外婆于是很警惕,向外公兴师问罪，认为如果不悬崖勒马，我会因为这些资本主义的影像糖衣炮弹而变成了一个坏孩子。外公叹了口气说，有些东西，他长大也总要知道的。外婆说，那也不用这么早。外公说，那就不要去了。

在长时间的抗议无效之后，我已经表示了放弃。但有一天的周末，外公又说要带我去看电影了。外公对外婆说，这回是喜剧，喜剧小孩子总是可以看看的。卓别林。

这个名字，似乎对外婆造成了某种宽慰。外婆说，去吧。

我在心里默默地念这个名字。觉得它对我是某种解救。卓别林。我与这个伟大的小个子的邂逅，便是因为这样一部叫作《城市之光》的电影。

这是一部无声电影。并且是原版英文的字幕。对于一个孩童来说，似乎会造成困难。但是，我似乎没有对此产生任何理解上的障碍。默片因为语言的减省，其实对演员的表演提出了更高的要求。对话成为表演因陋就简的形式；默片需要在沉默的场景中有波澜壮阔的表达。

这是一个关于流浪汉的故事。他的举手投足之间，都带有了某种写意的趣味。而这种趣味本身的符号性与简洁是非常接近一个孩子对生活的认知的。然而，这部电影的世界观的内核，却又是属于成人的。笑料背后，掩藏着许多残酷的东西。比方说，富与贫、等级与身份，成为了难以逾越的界河。多年后的好莱坞，试图以最温情的方式模糊这一界线。但在这部影片中，则以流浪汉这个角色冷眼游刃于其中。类似于一则传奇。但卓别林却让这则传奇打上了讥讽的底色。一身富贵的流浪汉，和一个乞丐争抢被路人弃掷的烟头。白天是如此现实，夜比较接近人性的本质。所谓城市之光，也许只是夜里的一点路灯光芒。只是一点光，便拆解了一切强与弱的关系。一场对自杀的拯救，促成了流浪汉与富豪之间的奇特友谊。他们一同狂欢，一同不着四六地制造笑料，一同分享财富。然而白天来到的时候，一切打回原形。富豪将手掌放在额头上，茫然地看着前夜搭救自己的流浪汉，然后以法律的名义将他送进监狱去。

  唯一没有变的，大概是电影中流浪汉对盲少女卑微的爱。这爱关乎尊严，却丝毫并不影响他为她忍辱负重。有些笨拙，却又如此细腻。这细腻以同情和良善做底。足以将卓别林与同期好莱坞的其他笑匠区别开来。在一个孩子眼中，这种表达的吸引，大概因为某种温柔。这温柔是属于一个男人的，在喜剧粗粝的底色之下，格外地动人与伟大。我青春期的成长，曾经有另一个港产的笑星伴随。尽管周星驰的喜剧表演，不停地受到各种质疑与挑战。但我对他的欣赏却未曾变过。理由之一，就是他举手投足间，同样会有一种温柔。抛却了一切刻意与做作的表象，这温柔已有动人心魄的力量。《国产零零漆》中那个荒唐的后备特工。在被追杀负伤的时候，不忘为暗杀自己的女间谍摘下一朵玫瑰花。带血的白玫瑰，为电影罩上了理想主义的光华。而这光华本身，却是小人物心声最美的代言。

《城市之光》是我在小礼堂里唯一没有看完的电影，也因此而印象深刻。而也是现实中发生的小意外，将这部电影的烙印再次加深。

在银幕突然间暗淡下来的时候，电影中的日历正在翻转，代表流浪汉在狱中的细数流年。谁也不知道会发生什么，但是，银幕，突然就黑了。我在这黑暗里呆呆地坐了一会儿，视力逐渐适应。当周遭都有了轮廓的时候，我发现外公不见了。

我不是一个大惊小怪的孩子。在几秒钟的慌乱后，我站起来，跟着时有怨声的人流，往外走。

外面的阳光还有些晃眼。我眯了眯眼睛，站在礼堂的门口，看人们渐渐走远，笼在了浅金色的光线里。一边想着流浪汉在监狱里的度日如年。后来，礼堂里的清洁工人走出来，将大门锁上。问我家里大人在哪里？我摇摇头。他皱一皱眉。这时候，一只大人的手牵住了我。这只手的绵软，让我感觉到不是外公。我抬起头来，看到一双含笑的眼睛。那个清洁工嘴里嘟囔了一下，说，把你孙子看看好。走丢了怎么办？

她很歉意地对那人说，对不起。

这正是姚奶奶。她牵了我的手，说，走，去找你外公。

我们在文化宫的周边走。我靠在姚奶奶的身边，闻到一种好闻的类似植物溢出的气味。还有在她走动时，呢裙会随着她身体的摆动，发出织物簌簌的响声。非常轻细，但也是好听的。即使有些焦虑，她的走动仍极其安静，与她优雅的动作浑然一体。更重要的是，我并不感到她是一个陌生人。

外公终于没有找到。她说，累了吧。我们回家歇一歇。

我们似乎穿过了一条小巷。巷子很深，渐渐马路上的嘈杂声也不见了，幽暗静谧下去。我们在一幢本白色的小楼前停了下来。这小楼的样式，在八十年代我少年的时候是很少见的。有一种低调的洋气。顶上覆着砖色的瓦，好多处的墙皮已经脱落，看得出有年岁了。有的地方还有浅浅的暗红，那是标语的残迹。通向大门有几级小台阶，两旁是护栏镶着繁复的铁制卷花，油漆也剥落了。姚奶奶掏出一串钥匙，打开门，叫我进来。

里面也是黑的，日光灯亮了，光有些发蓝。陈设，则很简朴，甚至称得上简陋。一张凉席卷着，倒躺在破旧的沙发上。突然滚动了一下，从里面钻出一只毛色交杂的猫，仓皇地跑到黑暗中去了。姚奶奶轻轻唤了一声，那猫缓慢地走出来，并不再接近，只看得见两只绿色的光亮的眼睛。姚奶奶说，乱得很，来不及收拾，政府才把房子还回来。走，我们上楼去。

往上走，光线越发暗沉。木制的楼梯发出吱嘎吱嘎的声音。走到顶，是一个阁楼，上面有一扇天窗。一缕光柱打下来，地板上是一个温润的光圈。可以看得见其中飞舞的灰尘。姚奶奶依然打开灯。我才发现，这里是个整饬的地方，有一个独居老人营造的温暖气氛。靠窗户摆了一把藤椅，上面有竹编的垫子，还摆着一份报纸。姚奶奶让我坐下来。说，渴了吧。就打开靠门的一个冰箱。这种电器，在内地的八十年代还没有普及。所以也是让人有兴趣的。姚奶奶拿出一支汽水，打开，递到我手里，冰凉凉的。这是一支"麒麟"汽水,日本产的。在我小时候,也是孩子们的奢侈品。我咕嘟咕嘟地喝下去,倏然有气从喉头升起,打了一个很响的嗝。人也一下子凉爽下去。姚奶奶无声地笑了,摸了摸我的头。

然后她挨着我坐下来,问我,今天的电影好看吗?我说,好看,可惜不知道最后怎么样了。姚奶奶说,最后,那个姑娘的眼睛医好了,能看见了。还开了一个花店。我高兴极了,说,那太好了。

姚奶奶说,可惜,她已经不认识那个流浪汉了。

我听了,一阵难过。低下头,汽水瓶上已经密布了水珠。水珠的凉意,顺着手指慢慢地渗进身体里了。

我抬起头,目光在这个房间里游移,轻轻地说,马龙·白兰度。姚奶奶已经黯淡下去的眼睛,亮一亮,说,你刚才说什么。我指了指对面墙上的一张很大的照片,说,马龙·白兰度。这张黑白照片上眼神有些颓丧的英俊男人,《码头风云》中的白兰度。姚奶奶愣一愣,指着旁边的一张说,这个呢?这是《魂断蓝桥》的剧照。我说,罗伯特·泰勒。年老的深情的军官,手握着那个保护不了任何人的护身符。然后是加里·库珀,《正午》中长着绅士面孔的牛仔。这面墙上的照片渐渐清晰,在我眼中鲜活起来。

姚奶奶问,都是谁告诉你的。

我说，外公。

她轻轻地"哦"了一声，然后重复说"外公"。

我看到她突然站起来。整张脸恰在落地灯的光亮强烈的照射下。上面沟壑密布，而眼袋的轮廓，也没有了粉饰遮挡。她，其实如同我的外婆一样，也是一个老妇人了。

我忽然有些怕，不知道为什么。只是有些怕。

姚奶奶躬下身，从一个赤铜色的木柜里，捧出了一只方形的皮匣。她捧得吃力，看得出是有些重。她打开皮匣的搭扣，里面竟然是一台模样精致的机器。我很快认出这是一台幻灯机。因为，爸爸在文化馆工作的时候，曾经用过。不过，眼前的这一台，尺寸要小得多，简直如同玩具。

姚奶奶关上了灯，拉上窗帘。就在这时，玩具一样的幻灯机，射出一道冷蓝色的光线，将黑暗割裂开来。

这光线投到了对面的墙上，便是白色的光圈。"咔"的一声响，墙上出现了图像。是一对紧紧依偎的男女，目光迷醉。男的是穿着条纹睡衣的克拉克·盖博，女的是精灵一般的费雯·丽。是的，没有比《乱世佳人》更为令人心驰神往的爱情了。"咔"的又是一声响，是派克与艾娃·加德纳。《乞力马扎罗的雪》。这张照片给我的印象深刻。

多年后看到《色戒》，猛然意识到似曾相识。加德纳的魅惑眼神，即使是对一个孩童，也同样摄人心魄。下一张是《关山飞渡》，西部片的经典。照片里的克莱尔·特雷弗和约翰·韦恩，脸上还有风尘。同样坚强的眼睛，无关风情，关于生命和力度。我一一念着他们的名字，最初是一个小孩子的虚荣心，为了炫耀自己的博闻强记。这会儿已经淡去。我只觉得这些脸庞有一种十分遥远的亲切。这些成双成对的影像，记录了另一个世界的时光流转。这种感觉让我严肃起来。

又一张，是好莱坞最璀璨的明星嘉宝和她的搭档吉尔伯特，虽然两个人有着亲密的姿态，但嘉宝眼中仍然有一种凛然的神气，是孤独的。

"请让我一个人待着。"我听见身后传来姚奶奶的声音。我一愣，回过头去。多年后，我终于知道这是嘉宝在《大饭店》里的台词："请让我一个人待着。"

但这个时候，我回过头去。看到的，是黯淡光影中的姚奶奶，泪流满面。

幻灯的最后一张，是一对中国的青年。背景是一幢建造堂皇的建筑物，上面写的字我都认识——"大光明"。然后是缭乱的灯火与人群。这对男女，表情矜持，却在笑意里暴露了亲密。男的穿着西装，打着领巾，都是应时的。女的穿着素净的旗袍，手插在男人的肘弯里，是依偎的姿态。我静静地看着这张照片，再没有勇气回过头去。这女子的笑容，与身后老妇人的神情交叠，竟不差分毫。而那个清俊的年轻男人的脸，也出现在我们家的相簿里，是如此熟识。那是我的外公。

　　我记不清我是怎样被姚奶奶送回家的，也不记得后来又发生了些什么。或许这些都已无关紧要。对一个小孩子来说，那些烙印一样的影像，有着比过程更为深重的痕迹。

　　我在上小学的时候，离开了外公外婆。再一次经过文化宫的时候，发现那个小礼堂已经被拆掉了。

　　也并没有再起别的房子，只是荒着。这一刻，我才发现，原来这里是个很开阔的地方。只有一道围墙，越过去，就是无限的天空了。

青年：裘静·物质生活

　　再一次经过那里，目标已经拆卸。工人们有条不紊地工作，举重若轻，仿佛卸除舞台剧的布景。远远地，我看到那张《三十九级台阶》的海报,支离破碎地悬挂在墙上,如同颓败的叶。

这里曾经叫作"物质生活"。

我第一次经过,看到裘静趴在柜台上,手里夹着一支烟。这与她娴静的神情,略微不相称。

天已经黑透,这家新开的影音店坐落在小区的尽头。日光灯的颜色有些发紫,无精打采。

我走进去,随意地看,眼光也很游离。这时候,大约是我无规整的半年,成为我人生的一个间隙,无处安插。我读完了一个硕士学位,在人生的好年华,理想却渺茫。白天在一间出版公司工作。忙则忙,倒也心里沉静。下了班,便突然闲了下去。还是男孩子们气血旺盛的年纪,有许多无处释放的精力。本来是喜欢看书的人,大约在公司和文字打了太多交道,下班则疏于阅读。大多挥霍体力,打球,打游戏,或者去健身房。

大汗淋漓地走进去,冷气在皮肤上激起很多细密的鸡皮疙瘩。看着架上一些或生或熟的片名,我突然发现,我已经很久没有好好地看电影了。

店堂并不宽阔,空间却没有充分地利用。四围是半人高的木架,上面是影碟,用来给客人挑选。当我看清楚了，墙的上半截，贴满巨大的电影海报，并不是时下热映的电影，都已经有些年头。《广岛之恋》下角有帧小照。不是导演阿伦·雷乃，而是杜拉斯饱含风霜的脸。《巴黎野玫瑰》被翻印成了黑白色，女主角的眼睛就深邃了些，稀释了戾气。伍迪·艾伦傻笑着，头发的走向却不可一世。这些人像重叠，延伸到了天花板上去。在浅紫色的光线里若即若离。

我一时有些迟钝，眼神在架上荡了一下。捡起一张《八部半》。封面上的男人侧着身体，失神得很。其实对于费里尼，一直有些抗拒，不知道为什么。大约是因为盛名之下，总是有些怕失望。这时候，身后响起了纤细的声音，却很清楚。"新来的货，D5 转 D9。"

我回过身，看见靠在柜台上的老板娘。她低着头，在翻看一本杂志。似乎刚才的声音与她无关。这时候却抬起脸，迎上我的眼睛。问：想找什么片子？她身后是一张巨幅的海报，《三十九级台阶》。阴郁的阶梯尽头，是希区柯克臃肿含笑的脸。我便随口说，推理的吧。

她合上杂志，嘴里轻轻地重复了一下，推理的。

我看见她的眉头蹙了一下。希区柯克笑容依旧，这时候有了嘲意。

她走过来，并没有在架上翻找，却打开下面的小柜，取出一张影碟，说，野村。

我接过来，看见这张碟上已经落了些灰尘。上面写着《砂の器》。这是我当时不知道的一部电影。灰色的底子，戴着墨镜的年轻男人，面前摆着一架钢琴。上面写着另外一个名字，松本清张。

我不知道自己会成为这个名字的爱好者。但却在编剧名单里看到了山田洋次。于是决定买下来，不过还是问了一句，好看吗？

女人的表情很严肃，轻轻地说：还行。

晚上看完了这部长达一百四十三分钟的电影。作为推理片，或许不够扣人心弦。实质上，这是个日本"于连"的故事，但是他不动声色的残忍，还是让我微微吃惊。一个人，可以对自己的出身如此的憎恶。然而同时，他优雅的手，却将这憎恶在钢琴上弹成了眷恋。

这电影贯穿着阵痛式的音乐，有一种奇特的吸引力。或者来自气质诗意的中年警探。是他令这故事面目清晰，颜色沉郁。他如此不屈不挠地追寻一个人的命运，去窥探、拼接、修补。当轮廓渐渐完整，他也黯然。谜底揭开，是一个宿命的天才，因为不甘宿命，将爱与现实分解，用伤害回馈伤害。

这个叫野村芳太郎的导演，故事讲得清澈舒缓，弛大于张，有大将风范。我倏然想起，我对他的认识，是因为《八墓村》，横沟正史曾是我的大爱。

第二天傍晚，我又去了音像店，发现没有开门。事实上，这里仅仅是将一楼一个单元改造而成，封住了阳台作为门面。因为外观过于朴素，几乎看不出是一家店。然而，近旁却有一块原木的牌子，上面用楷书写着"物质生活"。

字的笔画是镌进去的，内里着了墨，看得出，用了很多的气力。

没有人会在意，这城市里充满了变量。何况一家不起眼的铺头。

黄昏的时候，我下班回家，看到她站在小区门口。她手里拿着一叠传单，见有人过来，就伸出手去，动作机械。有人摆摆手，没去接。有人接过来，看一眼，往前走几步，顺手塞进了近旁的垃圾箱。

她的神情还是很严肃，没有笑容。

我在想，这是不利于她的事业的。

我走过去，接过她手里的传单。其实在这个身处闹市的小区，每天都会收到各种各样的广告传单。街头，信箱，甚至插在你的汽车后视镜上。内容无非是米粉店的"开业志禧"或者手机美容店的"买二赠一"。文字与图案，都是喜气洋洋的。

然而，我手里的这张，看得出，是精心设计过的。黑色的底，是一张光盘的形状，沿着盘片的弧形，密集地写着一些人名。大多是导演的名字，有些我并不认识。它们交织地排列着，有如清冷夜空中繁盛的星斗。

下面是四个银色字：物质生活。单上另外附了一张名片，用订书机钉上去。有店铺的地址，预订货品的电话号码，还有一个名字：裘静。

我走开了几步，听到后面有微弱的声音，谢谢你。

我错了下神，回过身，她低着头。这时候，夕阳的光线打在她的脸上。她已经不年轻了。

"物质生活"，成了我悠游生活的一个补充，它不再这么空洞。我没有预见到后来所发生的事情，因为，它只是我规律生活的一个环节。三不五时地买一张盘片，仿佛经过小区的路口，顺手买上一只钵仔糕。卖糕饼的大爷，佝偻着身体，数年如一日地坐在那里。你走近他，他会笑。但是绝不多说一句话。

这小区里的，都是熟悉的陌生人。

我看过了《零的焦点》《影之车》《鬼畜》《迷走地图》。几乎是野村与松本珠联璧合的全部。走进音像店，这一天店里热闹些，我才发觉柜台上多了一台小电视。扫了一眼，在播卡拉OK，声音是布莱恩·亚当斯（Bryan Adams）的，图像却是俗艳的中国背景。那时候还有很多这样的卡拉OK，留着大波浪发的泳装美人，毫无意境地对着镜头傻笑。

店主——现在知道叫裘静——捧着本书在看。

我照例在架上翻翻找找。如果没有收获，裘静会走过来，果断地推荐一部。她很少失手，换言之，我也就很少买错。

但是，今天，她好像有些心不在焉。

布莱恩·亚当斯的声音戛然而止。店里就变得突然地冷和安静。

小弟。

我有点茫然地抬头,以为她在叫一个熟人。

但是这次很清楚地,她在看着我。神情依然严肃,但眼光柔和了些。

我说,啊。

我手里正捏着一张《E.T. 外星人》修复版,还没想好要不要放回架上去。

裘静合上书。我一眼看到,这本书的作者,是一个著名的影评人,笔名怪异,是我的老乡。

我们聊聊天。她说。

我说,哦。

她说,你在读书?

我说,没,工作了。

她摇摇头说,看不出。

我在想,是不是我整天脸上都挂着无所事事的表情。

于是我说,是工作了,在出版社。

她说,工作的人,不看这些。

说完这些,我们都沉默了一下。她看一眼表,站起身,说我要打烊了。停一停又说,接我儿子去。

我说,哦。

就准备走出去。

这时候，她叫住我，从眼前的盒里抽出一张碟，新片子，《大象》。

我接过来，手伸到裤兜里。

她挡一下，说，这张送给你。在你身上赚不少了。

湛蓝的封套上，是金发与黑发的青年男女。这蓝的颜色如此不肯定。当我看到导演是格斯·范·桑特（Gus van Sant），想起多年前看《心灵捕手》，年轻的马特·达蒙，演绎鲁莽的草根天才，所有的神情都丝丝入扣。这导演太钟情和擅长演绎人的兴奋与落寞。但他不善于向人致敬，《惊魂记》将希区柯克拉下了水，便无法浮起，令人失望到极点。

《大象》，这标题令人想起林奇的《象人》。当最后一声枪声响起，我想，范·桑特回来了。冷静的，不加掩饰的自制。波特兰当地的高中生，平凡的一天开始。工整而寂静的影像，谁也看不出酝酿着爆发。简洁与日常交缠往复，神情落寞的女孩，醉酒的少年约翰，遭人议论的情侣。年轻的摄影师，将人物概括成了命运的螺旋。课堂上的嬉闹，温暖却隐隐不安。缺乏头绪的、精致的运镜，从容优雅，也是桑特的。但不同于《杰瑞》，不再是难以拆解的私隐的密码。它的开放有目共睹。无休止的长镜，笔锋一转，虚焦处是少年与玩耍的狗。计算机射击游戏，预兆残酷的现实演习。生活就是生活，一切意外都是汹涌的暗潮。当血腥的校园屠杀案真正发生，那双嗜血的手，几个小时前在弹贝多芬的《月光奏鸣曲》。温柔与暴烈一样永恒，皆无缘由。直到沉闷被枪声划开了伤口，鲜血哗然而出。但是，那双绝望的眼睛，依然纯净得让人心悸。

我拉开窗帘，外面一片大亮。心里也舒畅了一些。范·桑特让你想到了一种独立的生活，真实而消沉，呈现靡遗。

再见到裘静在三天后。店里轰隆作响，裘静低着头在吸尘。看到我，关了吸尘器。将头巾取下来，在胳膊上掸一下。抬起头，我觉得她的脸色和悦了些。

走进来，才发现柜台底下有个小男孩，坐在小马扎上。男孩长得很清秀，眼光却有些怯。和我对视了一眼，又转过头盯着电视屏幕。电视上在放《麦兜的故事》。"马尔代夫，椰林树影，水清沙幼，坐落在印度洋的世外桃源……"麦兜活在幸福的谎言里。香港山顶一日游快乐而苦涩。小男孩看得咯咯笑。在这个年纪，大约还看不出，这出电影其实是悲凉的成人童话。

路仔，叫叔叔。小男孩抬了一下头，沉默下去，笑声也没有了。裴静走过来，把男孩手上的奥利奥拿过去，说，这么甜，吃个没够。然后用毛巾擦擦男孩的手。

边擦边说，"还没上幼儿园，没有户口，什么都难。"

我说，你不是本市人？

她苦笑了一下，说，这个城市，有几个本地人？

男孩仰起头，认真地听我们的对话。

这时候，有两个客人走进来。裴静走过去招呼。我走到一旁，发现架上多了阿巴斯的新片子。红壳子，叫作《十段生命的律动》。

我取下来，走过去付钱。裴静在找钱的时候，塞给我一张传单。说，周末有个电影观摩会，在大市口。内部的，有空就来吧。

当我转身离开的时候，看见有个平头男人从里间走出来。嘴里叼着一根烟。他略略张望了一下，从碟架上拿了一只打火机，又走进去了。

《十段生命的律动》，DV 的影像让人有些眩晕。长久的镜头，对准了女计程汽车司机的脸。这是一个人漫长的工作过程。仿纪录片的风格。琐碎的言语交流，剧情的极致淡化。出租车在德黑兰的街头停停走走。离了婚的伊朗女人，只是为了独立事业的权利。十段对话，发生在司机与乘客间，各自剖白心事。面目模糊的老妇，萍水相逢。订了婚的女人，祈祷后的幸福的表情和声音，有些刺痛听者。把玩传统的风尘女，是伊斯兰世界的异景，她嘲笑司机对爱情与婚姻的余念。再次上车，却只有饮泣。哭泣的还有订婚的女人，因为婚约取消。唯一的男性角色，幼小的伊朗男孩，司机的儿子。他不理解，也无法原谅母亲。单薄的身体里是巨大的男权的暗影。在疏淡的全球化背景下，这辆出租车承载着传统重荷，且行且远。还是那个阿巴斯，不判断什么，也不期望什么，一个人在人群中安静而热闹地生活。

这部电影，多少是沉闷的。沉闷的不是剧情，而是缺乏希望。未来太过确定，谁也无法改变。我打着瞌睡，看到影片的最后，儿子又一次坐进母亲的出租车，冷冷地说：带我去奶奶家。

大市口是闹世里的荒凉地。早年是工厂区。工厂搬去了远郊，厂房却留了下来。又过去了许多年，落寞与破败一如既往，内里却被另一种力量渗透。一些艺术家，悄悄地进驻，改造了它的质地。这些厂房，灰暗粗糙的皮肤底下，有了新生的血肉。独立画廊、摇滚乐队的排练厂、民间小剧场，各行其是，自得其乐。

然而穿梭在这些厂房间，看不到太多生命的迹象。裘静提供的地址，在这个厂房区最边缘的地方。门口有个戴棒球帽的人，看了我一眼，伸出了手。我将那份传单递给他。他对我努了努嘴，冲着近旁的铁栅门。我掀开门上厚厚的布帘，走进去。里面很黑，可以看见一些稀薄的光。在转角的地方有一个楼梯，也是狭窄的。

走上去，才听到有声响。迎面的银幕，在黑暗里有些刺眼。半裸的青年，凶猛地扇了女孩一个巴掌。脸部放大的特写。让我看清楚，不是愤怒，而是某种不知因由的兴奋。

里面人已经坐满了。我茫然地站了一会儿，旁边有人往里头挪了一个位置，让我坐下来。我感激地看一眼，他摆摆手，指了指前头的银幕。

这部影片有一个学生运动的背景。青年男女有着刚硬的对白与行为，我行我素，爱恨由人。包括犯罪，其实没有不得已的初衷。更像是为了充实快感。敲诈、斗殴、相互计算，在年轻的底色下直来直去。终于，她对她的猎物，一个中年男人，动了情。或许只是一瞬间的体贴，因为她的哭泣。她离经叛道的刺，软化成世俗的欢爱。最终，他们都仓促地死去了。

这时候，旁边的人，点起一支烟。味道蔓延，有一种格外清凛的味道，发着一些苦。我当时并不知道，是大麻。

灯亮了。我看见裘静站在最前面，和人说话，眼神有一些散。然后又走到后面来，将放映机关上了。一束光灭掉了。人群散了。裘静这时候看见了我，笑一笑。她身后走来一个男人，平头。这次看清了眉目，有些凶。他将手搭在裘静的肩膀上。裘静猛回过头，将这只手，轻轻拿掉了。

切——我身旁有人发出不屑的声音。我转过身，这才看清楚我的邻座。是个瘦削的年轻男人，留着中长的头发，脸色有些发青。他对我笑一笑，罗晓鲁。声音有些含混，烟还在嘴里。

罗晓鲁告诉我他住在西夏路。所以搭伴去车站。他告诉我他是美术学院的老师，教油画和木刻。我说在出版社。他说，出版人，好，以后出画册，找你。

然后我们就再没有说话。快走到车站的时候，他停下来，问我怎么会认识裘静。我说，在她的音像店。他又笑了，说，那个是小生意。她主要是卖这个，他撮起手里的烟，在我眼前晃了晃。然后他使劲吸了一口，将烟头弹出去。

烟头画了道弧线，落在一个中年女人脚边。女人轻盈地跳了一下，然后开始骂娘。

看到这阵势，罗晓鲁拦了一辆出租车，绝尘而去。

快到年度盘点的时候，社里有很多书半价销售。有一套《黑猫》的幼儿学习丛书，看上去不错，我就买了下来。

我将书放在柜台上，说，送给你儿子。

裘静眼睛亮一亮，语气倒很平静，瞎花什么钱。他也不认识几个字。

我蹲下来，将一本书放在男孩手里。

男孩看上去，比前阵子胖了一些。还是怯，眼光有些发直。我看他将一本书打开。

我说，还没上幼儿园么？

话音刚落，就听到"刺啦"一声响。男孩将道林纸的封面整个地撕了下来。撕得很仔细，很专注，蹙着眉头，好像在做一件严肃的事情。

我一时有些发呆。

裘静走过来，一巴掌打下去。男孩应激反应一样护住了头，埋下身去，没有再抬起来。书落在了地上。

裘静捡起来，说，就是这样，哪有幼儿园敢收。

我愣了好一会儿，还是问，这孩子怎么了？

裘静的声音，几乎有些轻描淡写，自闭症。

然后又轻轻地说，报应。

《蓝丝绒》(Blue Velvet)，大卫·林奇在一开场安排了明亮湛蓝的天空与白色篱笆及娇艳欲滴的玫瑰和郁金香。镜头在美国小镇和平生活的一天景色中游移。鲍比·温顿（Bobby Vinton）的声音抑郁，隐隐埋藏不安。草地上的杀戮，残缺的耳朵。好奇的青年，伤痕累累的女主角，是畸恋的见证，由抗拒到耽溺。曼妙与高贵的蓝丝绒下，是腐败、阴暗与邪恶。林奇和你做心理的游戏，步步为营，牵引你进入他的陷阱，当你知道错了已难以自拔。结尾依然平静，只是告诉我们，生活的画皮之下，险象环生。

我决定去裴静那儿找找《穆赫兰道》。这个片子似乎更为晦涩。但相比对这个导演的好奇心，却算不得什么。两个脸色苍白的青年人，从音像店的里间走出来。眼神兴奋又茫然，遇到我有些躲闪。他们耳语了一下，侧了侧身，从我旁边走过去。我们之间有了不必要的宽阔空间，好像我是庞然大物。

又到大市口是在两个星期后。那天天气阴沉，空气里拧得出水。在这南方的城市，有许多水淋淋的日子。

而这一天，却有一种窒热将水变成了气体。四周比夜晚更加令人辨识不清。但是因为格林纳威，我还是决定走一趟。

一直听说《厨师、窃贼、他的妻子和她的情人》是一部奇片，不容错过。

走进放映室，银幕上是鬼影幢幢的建筑和有气无力的霓虹灯。水泥地面泛着金属的幽蓝光泽。那个叫作窃贼史伯特的男人出现了，暴力，殴斗，无主的野狗兴奋低沉地狂吠。

猩红色调的餐厅，极致表现主义的浮华。餐桌陈设、屋顶，红得太浓烈密集，令人疲惫。窃贼盛装，化身老饕。食客盈座，人声鼎沸。空气中是贪婪的气息，茂盛地繁衍。

厨房冰冷的暗绿色，连场上演着妻子乔治娜和情夫的情爱哑剧。肉体缠绕，静冷的灯光里蔓延着欲望。腐烂的气味，压抑的氛围潜藏着密集的性，诡异肮脏的美感。

停车场。餐厅的后院，幽暗的蓝色笼罩，老饕发泄着最隐秘残酷的冲动。被监视的妻子遭受凌辱，四周是暧昧沉默的夜色。逃脱。妻子和情人浑身赤裸，藏在生蛆的腐肉中，厨师驾车送他们奔向出路。

被烹制的情人成为老饕最后的盛宴，也是格林纳威对裸露的极端隐喻。七个贪得无厌的夜晚。刻意营造的形式将银幕导向粗鲁的现实。人类的欲望是如此不堪一击。即使有舞台的间离效应,异质的影像仍然过于浓烈,令人不适。内里却是恻隐。

电影在枪响中落下大幕。我一时有些发愣。这时候有人走过来,经过我,低声说,走,去喝一杯。

是罗晓鲁。不过一个月的工夫,他的头发剪短了,留了个冷飕飕的平头。

罗晓鲁并没有等我回答,就这么走出门。我只有跟上去。看他在前面走,是昂首阔步的样子,一双军靴踩在雨水积成的水洼里,发出哗啦哗啦的声响。他也没有避,又踩进下一个水洼。

走到百花路,他的步子才慢下来。几年前这条路上,出现了酒吧。开始是一些点,后来连成了片。因为都是民房改建的,格局都差不多。主题却有些不同。我进去过的,其中一个,叫作"蒂果主义",其实是个"反帝"的酒吧,民族情绪浓重。还有一个"大眼狼",是个内蒙古人开的,里面的烤肉很好吃。

他在一个酒吧前停住。这个酒吧门面阔大一些,门框上镶着巴洛克式的石膏条装饰。半面墙上是德拉克洛瓦的作品《自由领导人民》,但人物的身形比例夸张,是卡通版的。门楣上两个笔画稚拙的字:马赛。

我们在招摇不定的灯光里坐下,台上有个面相成熟的女人在唱《英雄》。罗晓鲁一直埋着头,面前是一杯马丁尼。

大概过去了半个小时,我听他呷了一口酒,轻轻说了句话。

我问,什么?

这时候他抬起头,说,我被艺术学院除名了。

我有些愕然,迟钝了几秒钟。还是问:为什么?

罗晓鲁掏出一包烟,抽出一根,点上。他把烟举到我眼前,缓缓地说,为了这个。

看着这根烟,没有任何异样。接过来,这时候烟柱袅袅升起,有些发蓝。我终于闻到一种类似于燃烧草木的清苦味,这是不同于任何香烟的味道。并不浓烈,却有些冲鼻。我猛然回忆起和罗晓鲁的第一次见面。

是大麻。罗晓鲁声音清晰地重复了一次,大麻。

我的手抖一下,烟掉落在桌上。

罗晓鲁似笑非笑,恶作剧的神情。

大麻抽多了是不会过瘾的,我偶尔加一点可卡因。它们对没灵感的人真的有好处。

他轻描淡写，仿佛在介绍一种胡椒粉配方。这是准备激怒人的，我将那根烟狠狠地碾在烟灰缸里，说，你好好的干吗抽这个？

罗晓鲁死灰一样的脸，轻微地抽搐，生动起来了。他贴近了我一些，眼睛里有灼热的光亮。我听见他说，你应该去问音像店的老板娘。

这时候酒吧的背投电视上出现了约翰·屈伏塔的面孔。年轻的暴烈的音乐，不合时宜地响起来。《油脂》大约也是许多年轻人一时的梦，尽管这梦来自大洋彼岸。副歌的部分，有人和上去。是有口无心，但却顺理成章。

这首歌成为刚才那个话题有益的间歇。我重新镇静下来。罗晓鲁说，你知道吗，其实我也很奇怪，她为什么现在还没有对你下手。

我头脑里开始勾勒这女人的脸，但却支离破碎。

罗晓鲁抬起手，在后脑勺上抓了一下，手指有些犹豫。我想他是抓了一下已不存在的长发。这时候酒吧的门响了，走进来一对陌生的男女。这两个人带动了罗晓鲁本来虚无的视线。

然后我听见他说，我第一次见到她的时候，觉得她真美。她这样子是很少的。这城市的女人都急吼吼的，不是吗？可她话那么少。后来熟了，话多一些，聊的也只是电影。再熟了，知道她是一个人，儿子留在外地。她说音像店生意其实很清淡。可她不要人接济，我就把供房剩下的钱，都用来买了她的碟。会员制的法子，也是我想出来的。只是没料想她后来用这法子做了别的用途。

罗晓鲁苦笑了一下，说，谁知道她什么时候和丁黑搭上的。

我说，丁黑？

他说，嗯，你大概见过。上次在放映厅，站在她身后头。这人有点势力，也不知到底做什么的。哦，其实她第一次给我东西抽，我就知道是大麻。我没点穿。我心想，只要能帮上她吧。那阵儿我天天都问她有没有货，她以为我是上了瘾。其实我买了，也就是囤着。后来，我知道了她也卖给别人，还发展了下线，用的就是会员制的名堂。我才知道，她是当生意来做了，把自己也当了货。知道也迟了，我就真的抽上了。

罗晓鲁一仰头，把酒喝干净，连杯里的冰都嚼得脆响。他打了个响指，说要点首歌。罗晓鲁站起来，脚底有些发飘，我想扶他一下。他胳膊一甩，挡开了，摇摇晃晃地走到了台上去。音乐响起来，我便知道，他是要将这首歌点给自己的。"Hopelessly Devoted to You"。

灯光暗淡，罗晓鲁身形瘦削，影子投在身后的墙上，曲折细长。嗓音却浑厚。这首歌里的痛就深沉了些。我付了账，自己走掉了。

在下一个星期二，我终于见到了裘静。看到我，她眼里有了一点欣喜。她拿出一张电影，说是侯孝贤的新片子，《咖啡时光》，给小津安二郎的百年纪念。

我犹豫了一下。说，咖啡没有烟的味道好。

沉默是意料中的。

她声音低沉地问，谁告诉你的？

我没有说话，看见音像店里间的布帘子，被小小的手掀起了一角。小小的男孩探出头，警惕地张望，然后走出来，在房间一角的小马扎坐下来。再抬起头，眼睛里却有安详的光。

我说，你不该这样生活，哪怕为了孩子。

裘静翘起嘴角，一瞬间已恢复到了初见时的面无表情。她用更为平淡的声音说，这孩子，靠卖咖啡，养不了他。

这时候，我听到小马扎不安地动弹了一下。小男孩的眼神紧张起来。他轻轻咳嗽了一下，开始尖叫。

裘静迅速地走过去，将一副硕大的耳机戴在孩子的头上。然后蹲下，紧紧搂住那孩子。一面缓慢抚摩着孩子的头。男孩安静下来，喃喃自语。

这时裘静回过脸，眼神麻木地微笑了。她说，你知道，这样的自闭症的孩子，一个月疗程的费用是多少？一年要花多少钱么？

我并不知道。

我在长久的语塞之后，说出了苍白而愚蠢的话，我说，孩子的爸爸呢？

裘静的肩膀颤动了一下。

她说，你走吧。

我木然转过身，听到裘静轻轻叫住了我。她将一张影碟塞到我手里。然后说，你走吧。

我至今不知道，在那一瞬间，裘静为什么拿了这部电影给我。或者，只是因为顺手。

是那部《E.T. 外星人》，二十年纪念的特别珍藏版。封面上，是蓝色天幕的背景，两只灵光一触的手指。

我坐下来，看到了小外星人在 CGI 技术的修补下完善生动的脸。再次听到年幼的德鲁·巴里摩尔那声著名的尖叫，当时她只有六岁。

我还可以说什么。当 E.T. 学会了人类的第一句言语：

E.T. 打电话回家。影片中的洋溢着惊喜的声音。我感到一阵心痛,这其实本质上是个在讲述孤独的电影。孤独的可以是一个,也可以是一群。

影片的结尾,小男孩艾里奥特载着 E.T. 与伙伴们,骑着自行车奔向太空。或许,只是不知名的未来。我按下了暂停键,看那硕大的蓝色月亮悬挂在漆黑的夜色里,里面有深暗的阴霾。

于是,对于裘静与"物质生活"的消失,我没有太多的意外。仿佛她的出现,也是某个顺理成章的起点。

所有的,都已过去了半年。

是的,还是那个女人,趴在柜台上,手里夹着一支烟。水静风停。外面一片澄净,是午后的好阳光。

"唰"的一声,我睁开眼睛,看见一个工人,正用力将一张纸从墙上大把地撕下来。声音在空旷的室内回响,裂帛一般。

那曾是一张电影海报。《三十九级台阶》。

附 录

酌光入影
——香港国际书展首发式葛亮、李安对谈

李安：香港三联书店出版公司总编（以下简称李）
葛亮：作家，文学博士（以下简称葛）

李：我们都知道葛亮的小说写得很好。所以当听到你要写关于电影的小说，很期待和好奇。不知道和坊间的电影书相比，会有什么特别之处。能说说你为什么要写《戏年》吗？

葛：好的。如果说有什么不同，大概在成书的过程中，我一直想将它写成一本记忆之书。王德威教授有本著作叫《小说中国》，借用过来，大概"小说电影"最能够表达写这本书的初衷。在我的认知里，电影是一种时代经验的载体，不光是个人的，而且是一代人的共同经验。这一点与小说异曲同工。它们都用一种普适性的审美和价值观，在塑造我们的成

长。无可否认，每个代际的人都有着某种标识性的东西。《阳光灿烂的日子》里的少年人可以对"古伦木""欧巴"这样的电影词汇心照不宣。看《阿凡达》的孩子就未必理解了。同样，地域也是一样。看阿尔巴尼亚电影长大的学生哥儿和泡在邵氏的粤语残片中的香港细路仔，也会有不同的文化烙印。我想用文字将这种烙印组织还原成某种轨迹，用故事的方式记录下来。其实也是一种梳理，关于我个人的，也是一群人的电影记忆。

李：没错，在读这本书的时候，我不由自主地回忆起我成长过程中的电影，尤其是童年的。也自然地联想起《星光伴我心》，因为基调中都有一种很动人的纯净感，而《戏年》给我更为亲切的感觉。对中国读者而言，这也是最好看的地方。因为它是立足于本土的。从立意到细节，都很贴近我们的过往生活。身临其境一样，比如看露天电影的热闹，相信很多读者读到这个段落，都是会心的。

葛：这也是一种"集体回忆"，Collective Memory。在当时，看电影可以是一种集体行为，往往和家庭、单位、学校相关。不是独享，而是一种分享。往大里说，扩张到人文精神的层面,其实是有仪式感的。某些电影,甚至可当作人生的一部分,成为成长中的某一个坐标。现在看电影变得很容易,但也明显更为私我化了,买张影碟在家里就可以完成。这和资讯时代人们日渐封闭的生活格局有关系。其实也会影响人在审美上的甄别力。大概接受资讯的方式太过多元。我们的神经在反复的锤炼后,敏感度也在降低。在第一时间让你产生好感的电影真的不多了。

李:这其实是很让人惋惜的事实。所以我也有另一个感兴趣的话题,就是《戏年》中,你基本上都用了人物作为小标题,比如"木兰""外公""裘静"。我可不可以这样理解,你在写电影的同时,也在塑造有关"人"的主题。或者说,凸显了一种人性的立场。

葛:这的确是我比较重视的部分。因为觉得从人本身出发,关于电影的叙述才可能会有温度。我比较喜欢这种"讲故事"的形式,也许是我作为一个小说作者的本能。《戏年》中的这些人物,也是我观影经历中重要的引领者。比如说木兰,她画的电影海报会投射出她的人生见解,令我记忆犹新。我现在对《城南旧事》最深刻的印象，仍然是她画的海报上那双先声夺人的大眼睛，孩子的眼睛。这也是这部戏所有关于良善的主题的强调。并且我相信，所有好的电影主题，都是人的主题。

李：对了，你曾写到让·雅克·阿诺的一部电影，是关于两只老虎。

葛：阿诺曾经作为专注动物题材的导演，出色之处就是从人的视角去理解和表现动物。比如兄弟情、母爱。当年一部《熊》(*L'Ours*)，可以让很多观众热泪盈眶，它的确击打到了你内心最柔软的地方。这些动物置换成人，在情节上仍然成立，因为根本上仍然是人性而非兽性的。

李：所以，这是你判断好电影的标准之一么？

葛：去审视一部电影，我的出发点还是人本位的。一方面是姿态。像小津以摄影机仿真出平视的视角，榻榻米视角。你会觉得摄影机背后的人也必然是谦恭与温和的。东方人在世界观上还是比较中庸、比较留有余地。在这一点上，长镜头恰如其分。频繁的镜头切换、蒙太奇等手法看似取悦了观众，其实有内在的进攻性。还有一方面是题材，是说人之常情的东西吧。马俪文有个电影叫《我和你》，就是一个大学生和她年迈的房东，从矛盾、冲突到和解的过程。谈不上有什么故事，但的确很动人。因为细节都是日常的，非常砥实可感。最后一幕，是学生给老人送药。老人百感交集，没有很多的话，但尽在不言中。

李：是的，马俪文近年的作品在迅速地成熟，质地很清晰。其他第六代的导演呢，比如你提到过贾樟柯。

葛：贾樟柯的作品里，也有丰盈的细节，用十分平稳的方式呈现出来。而通常也会结合了他对于空间的认识。初期是他的家乡，在《小武》《站台》里，汾阳几乎是电影的主角。人在这个空间里被压抑与安抚，或者被遗弃。澡堂那出戏，实在太典型了。到了《世界》，空间更大了，但是出现了许多伪细节。当然空间本身也不是真实的，电影很容易成为一种霸权的艺术，和导演的意识有关联，或者说设计感。我比较欣赏顺势而为的方式。侯孝贤曾经说过一种"云"一样的剪辑策略，比较接近这层意思。某些电影叙事有种天然的流向，可能是反因果的。但会由一些其他的逻辑元素来替代完成。比如说时间，或者人物群落。《二十四城记》的成功，大概是得益于这种逻辑。基本形式是一部仿纪实风格的电影。起用了一系列的专业演员，其中某些还很有知名度，比如吕丽萍和陈冲，是明星。但你并不觉得很突兀。因为它有一个现实的背景，在市场经济的冲击下，走向衰落的军工厂。围绕这个工厂展开了一系列的访谈，对象大多是厂里的工人。由不同的受访者分成若干的单元，有点"有请当事人"的意思。这个框架将演员们嵌合进去，丝丝入扣。当然，细节仍然功不可没。陈冲上海味道的普通话，很有说服力。"时代印记"嘛，加强了仿真的效果。

李：对于作者电影这个概念，你怎么看。

葛：作者电影，呈现出一个硬币的两面。一方面树立了某种言说方式，并给予了相当的尊重。这在戏剧电影时代并非易事。给导演们的空间足够大，并且给了他们某种将风格一以贯之的权利。法国新浪潮出来的一批人，在这方面都是很不错的表率。我想也体现为对于题材某种"处理"的取向。用自己的风格去改变题材的质地，再造和重塑，企图通过时间打破某种"成见"（stereotype），建立新的秩序。比如塔可夫斯基对时间的驾驭。就好比目前我们看到的这本书的封面。[①]我交给出版社的原图,是厚重硬冷的风格。光影关系也是疏离的。设计师Amenda拿到手后,整个改变了基调。做成现在这个青春洋溢的样子。所以书出来后,拿给陈冠中老师看。陈老师第一句话就是"哇,好性感!"呵呵。这性感的质地,应该是创作者赋予的。另一方面,作者电影在姿态上,的确时常会表现出与读者的隔阂,这是以"破"为"立"的代价。不过说起作者电影,我总是会想起一些所谓的御用演员。我觉得非常有意思。因为在他们的作品里,可以看到他们作为一个演员的成长与蜕变,当然也有一以贯之的东西,形成了导演与表演的谱系。英格玛和丽芙·乌尔曼,特吕弗与让·皮埃尔·雷奥,费里尼和马塞洛·马斯楚安尼,华语界的蔡明亮与李康生,贾樟柯和赵涛。从他们身上,可以看到"人生如梦"的另一种诠释。尤其是让·皮埃尔·雷奥。他少年时期的早熟与触目惊心的绝望感,在长大后反而慢慢地剥落

[①] 此处作者所指的封面为2011年印刻文学出版的《戏年》一书的封面。——编者注

了。一如许多人必须经历的生命常态。

李：这是个很有意思的话题。名单可以很长，或许还包括马丁·斯科塞斯和罗伯特·德尼罗，安东尼奥尼和莫尼卡·维蒂，沃纳·赫尔佐格和克劳斯·金斯基。他们的关系，也可以很多元，朋友，情人，甚至仇敌。最近在香港上映的电影，有没有让你觉得有这种潜质的演员。

葛：一时想不起，哦，或许是汤唯。前阵子看了《月满轩尼诗》，印象很深。这是个小品式的电影。汤唯选择这一部作为复出的作品，很聪明的。的确，岸西的审美与取材都给了她一个举重若轻的机会。汤唯演得非常放松，将日常诠释得很美。对尖锐的问题不回避，却能够顺势而为地化解。你会觉得她打了一场人生的太极。但其中仍然有很多非常有张力的东西，在普通的表皮之下，足以体现表演者内心的强大。这是一个能够把握自己成长的演员。对很多人而言，摆脱《色戒》的标签和标本化都不是件易事。但她可以做到，回归得十分自然。这一点决定她足以用自身去诠释一位导演风格的延续与变化。我印象非常深刻的，是接近影片结尾的时候，她张开嘴给男主人公看她已经补好的蛀牙。这是对演员的考验,因为这个动作不是在审美的范畴,很容易表现得丑或者造作。汤唯用神情很轻松地说服了观众,说明这是一种最淋漓的关于爱的表达。对于导演,用一个演员去表达经年的艺术见解的演进,其中最让人着迷之处,就在于演员也在成长。你可以看到两种成长的叠合与并行。其实写小说也是一样,在《七声》和这本书中,我用"毛果"的眼睛去观察和表达周遭人事。所有的关于时代的故事,也跟随他的游走而成熟与变迁。

李:终于说到了文学的话题。在《戏年》里面,我不断地感觉到一种文学和电影交融和碰撞后诞生的奇异触感。就是两种空间,一种是影像的,一种是文字的,彼此穿透,互相模拟。说起来,其实我一直对一点存有疑惑。就是这两种艺术形式,相互的再现力究竟有多强。比如文学改编为电影。我总觉得,多少应该有一些东西剥落和损失了。你会愿意自己的小说被改编成电影么?

葛:这可能是很多作家不太乐意作品被影像化的原因。我本人倒没有这么抗拒。因为我觉得电影未必是小说的再现。有时忠实感是存在的,这就成为了对电影改编苛求的一个标准。在我看来，大概小说只是个药引。影人有欲望去改编或许只是因为他感觉到了小说中的某种气质，是他想去致力表达的东西。比方说《红高粱》，这部小说的迷人之处，就在于他发掘和放大了某种我们已经在颓败的民族性，或者称为"酒神"精神，张扬恣肆的充满生命张力的精神。张艺谋恰恰就是看中了这一点，将之作为电影的主基调。他的改编并不是遵循小说的情节性，而是根据这种精神主轴。所以，才有了"轿歌""祭酒神"等元素的创造，都是精神的外化。又比如，前年有部电影《双食记》，是根据一个美食专栏作家的小说改编的，充分地诠释了"食色，性也"这个古老的命题。而两者之间居然纠缠不清，食物变成没有硝烟的战争，甚至还夹杂了中西的文化角力。电影把这个命题继承下来了，情节却截然不同。以一段婚外情为切入点，赋予这个主题一种近乎恐怖的基调，因为和阴谋相关。主妇利用情妇的食谱，达到向出轨男人复仇的目的。"食物相生相克，一如感情，造次不得。"影人大约也为这一点击节，重新编制出新的故事经纬，作为更惊心动魄的诠释。反过来也是一样，电影对于文学的启示可以更为直观。乔伊斯在《尤利西斯》的第十章里，运用了电影的蒙太奇手法，在当时可谓别开生面。以我自己的写作而言，从一定程度上，电影也在某些层面建立我的审美观，造就了一种不知觉间的刺激与推动。比如有次一个朋友说，读我的小说的时候，某一个段落让他感觉到类似电影的空镜头，我想多少是潜移默化了对电影的某种体验。也包括对于场景感的营造，是得益于两者间的通融。

李：从文化传播的层面来说，电影也成为文学扩展的一种中介。比方《卧虎藏龙》这部电影，扬威国际，让尘封多年的同名小说，也重新受到关注。

葛：是啊，王度庐这个名字也是这样被挖掘出来的，像是出土文物重见天日。以武侠题材来诠释中国，的确也是个很聪明的做法。观众喜闻乐见当然是一方面。所谓"侠"这个概念本身，内涵也是极其丰富的。包含了中国人的伦理观，审美观，甚至哲学观。一部《火烧红莲寺》拍了十八部还让人意犹未尽，绝不是打打杀杀那么简单。当年看胡金铨先生的《空山灵雨》惊为天人，心想武侠电影原来可以这样拍的。运镜如入化境，山川古刹美得与人水乳交融，佛理与禅机也是经年历练的渗透。所谓"两句三年得，一吟双泪流"，形容胡氏武侠真是恰如其分。几乎每个镜头都精谨唯美，不露声色下的惊心动魄。特别一些重要的场景调度，多年后《卧虎藏龙》对此借鉴，是显而易见的。好的武侠电影，常使我想起卡蒂埃·布列松的"决定性瞬间"。有时只有一个场景，数个镜头，就将你征服了。特别有印象的，是《大醉侠》开场不久，乔装的金燕子走进客栈，杀机四伏。随手飞起几根筷子给了笑面虎一个下马威。那举重若轻的派头，很让人叹服。早期武侠里，对于力度的把握，有一种分寸感。四两拨千斤是很典型的一种表达。

李：有没有在以后的写作里，创作武侠小说的设想？

葛：目前还没有，对于我来说，这是很需要沉淀的题材。特别是需要历史观已达致相当丰盈的阶段，才会去考虑。最近，倒是有想法写一些带有推理色彩的小说。我很着迷一些逻辑感丰厚的东西。很多年前读横沟正史，钻进去简直无法自拔。他与本格派的江户川乱步互为映照，成为了当年推理界的一道风景。后来有很多个版本的电影改编，很可惜作品中大段落的关于时代的演绎，被简化了。在横沟的作品中，明治维新以降的社会景状，战后都市的不安定与倒错感，乡村里错综的地缘与血缘关联，为他的作品铺垫了盛大的书写背景。这些在电影中往往都剥落了。实现得比较好的，大概只有野村芳太郎的《八墓村》。另外，横沟是个人文修养相当不错的作家，而且将这种积淀点染在他作品的细节里。比如他用松尾芭蕉的俳句暗示不同的杀人方式，丝丝入扣，将罪恶感与美感融合得天衣无缝，无愧为变格宗师，你会觉得他作品的审美质地是多元的，各方面都十分可观。

李：这让我想到毛尖的电影随笔集《非常罪非常美》。这两个元素经常像暗夜里的双生花一样，充满了诱惑。你在这本书里，多次写到韩国的金基德这个导演。你对他的关注，是不是也源于这种罪而美的感觉？

葛：金基德的作品里不光谈到罪，也谈对于罪的救赎。大多是以"性"的方式，像《撒玛利亚女孩》，当然也可能是其他。他的作品充满了无望感，有各种符号性的隐喻。岛，少女，鱼钩，铁丝，镜子。在罪的层面上又增加了刻意物化的暴力元素。《漂流欲室》里有许多触目惊心的场景。都是超越日常经验的。他处理得无比的自然，因为欲望的纠缠，一切都变得可以理解了。《坏小子》里面强调窥视与被窥视的格局，源于某种不安全的体验。事实上，在金基德的影片里，可以感受到很浓重的无归属感。他从来不回避这一点。并且在意象上加以扩张，比如漂流和密闭的空间。有一点很有趣，你可以在他的作品里看到众多彻底缄默的角色。哑女，还有《呼吸》里的死囚。《空房子》在影片已过大半时，才出现了三个字的台词。大概可以去申请吉尼斯。金基德用沉默与失语，表示一种不得已的游离，和他对于政治压抑的态度相关。这一点与日本导演大岛渚有相类之处。但大岛比他更凶狠一些，在细节的处理上也更残忍一些。

李：是的，《青春残酷物语》在社会背景上做了最大程度的凸显。大岛渚是个气味很鲜明的导演。这种气味对于一般观众，几乎有点可怕。他写情色，其间有"物哀"的性质。但是细节却非常锋利，类似一些西方的影人，像是巴索里尼或者格林纳威。

葛：相较而言，格林纳威比较让人吃不消。他将食物与性之间的关联隐喻呈现得太惨烈了。其实内里还是在说权力关系。

李：其实社会性也不见得一定通过这种方式来表达，特别是在"性"的层面。

葛：嗯，对。当然还有暴力。因为最近在读帕拉尼克，重温了电影版的《斗阵俱乐部》。感觉很不一样。我们太强调这部作品的反社会意识。但其实，内里还是在说一种人性里最荏弱的东西。或者可以说，是在歌颂绝望。一个躯体，邪恶和平庸，互为因果。用原作者的话来说，"打来打去，打累了还不是要跑到教堂结婚去。"这其实也是个社会性的悖论，但没打过的人，总是不太甘心。电影里泰勒说了一句话，很精辟，"你不能到死的时候身上连道疤都没有"。总要曾经沧海一下的。

李：好，今天小说家葛亮，跟我们谈了这么多关于电影的话题。最后回到这本书上来，还有什么想和读者朋友们说的话？

葛：呵呵，说什么呢。嗯，这本书，算是我写作中的一个意外吧。门外汉居然把电影写成了小说。这本书对我个人而言有特别的意义。敝帚自珍之外，当然还是更希望朋友们能喜欢它，谢谢大家。